周瘦鹃自编精品集

行云集

周瘦鹃 著

广陵书社

图书在版编目（CIP）数据

行云集 / 周瘦鹃著. -- 扬州：广陵书社，2019.1
（周瘦鹃自编精品集 / 陈武主编）
ISBN 978-7-5554-1143-7

Ⅰ．①行… Ⅱ．①周… Ⅲ．①游记－作品集－中国－当代 Ⅳ．①I267.4

中国版本图书馆CIP数据核字(2018)第281935号

书　　名	行云集		
著　　者	周瘦鹃	丛书主编	陈　武
责任编辑	邱数文	特约编辑	罗路晗
出 版 人	曾学文	装帧设计	鸿儒文轩·书心瞬意

出版发行 广陵书社
扬州市维扬路 349 号　　　　邮编：225009
(0514)85228081(总编办)　　85228088(发行部)
http://www.yzglpub.com　　E-mail:yzglss@163.com
印　　刷 三河市华东印刷有限公司

开　　本	787mm×1092mm　　1/32
字　　数	87 千字
印　　张	6.25
版　　次	2019 年 1 月第 1 版第 1 次印刷
书　　号	ISBN 978-7-5554-1143-7
定　　价	38.00 元

目录

新西湖

　　西湖之美，很难用笔墨描写，也很难用言语形容，只苏东坡诗中"若把西湖比西子，淡妆浓抹总相宜"两句，差足尽其一二。我已十年不到西湖了，前年春季，忽然渴想西湖不已，竟见之于梦。记得明代张岱，因阔别西湖二十八载而作《西湖梦寻》一书，他说："西湖无日不入吾梦中，而梦中之西湖，未尝一日别余也。"我与有同感，因作《西湖梦寻诗》三十首，其第一首云："我是西湖旧宾客，春来那不梦西湖。十年未见西湖面，还问西湖忆我无？"其他二十九首，简直把西湖所有的名胜全都梦游到了。

西湖之美，虽说很难用笔墨描写，但是也有描写得很好的，如宋代俞国宝《风入松》词和明代袁中郎《昭庆寺小记》，三十年前我就给这一词一文吸引到西湖去的。俞词云："一春常费买花钱。日日醉湖边。玉骢惯识西湖路，骄嘶过沽酒楼前。红杏香中箫鼓，绿杨影里秋千。 暖风十里丽人天。花压鬓云偏。画船载得春归去，余情付、湖水湖烟。明日重扶残醉，来寻陌上花钿。"袁记中有云："山色如蛾，花光似颊，温风如酒，波纹若绫，才一举头，已不觉目酣神醉，此时欲下一语描写不得，大约如东阿王梦中初遇洛神时也。"这一词一文，一写动而一写静，各极其美，端的是不负西湖。

四月一日，因送章太炎先生的灵柩安葬于西湖南屏山下，总算和阔别了十年的西湖重又见面了。当我信步走到湖边的时候，止不住哼着我所喜爱的一首赵秋舲的《西湖曲》："长桥长，断桥断。妾意深，郎情短。西湖湖水十分清，流出桃花波太软。"（调寄《花非花》）我一边哼，一边让两眼先来环游一下，觉得现在的西湖，已是一个新西湖了。环湖所有亭台楼阁，都是红红绿绿的焕然一新，虽觉这种鲜艳的色彩有些儿刺眼，然而非此似乎也不足以见其新啊。

我们一行六人，雇了一艘游艇泛湖去，预定作三小时之游。虽不住的下着雨，却并不减低了我们的游兴，反以一游雨湖为乐，昔人不是说晴湖不如雨湖吗？

先到三潭印月，这里因为亭榭和建筑物较多，所以红绿照眼，更觉得触处皆新，惟有那三潭却还保持它们的旧貌。因此记起我的那首《梦寻》诗来："我是西湖旧宾客，每逢月夜梦三潭。记曾看月垂杨下，月色溶溶碧水涵。"料想月夜的三潭，一定是名副其实的。

不久我们又冒雨上了游艇，向西泠印社划去。四下里烟雨迷蒙，南高峰北高峰以及宝俶塔等全都失了踪，湖面上倒像只有我们的一叶扁舟了。西泠印社大部分保持它旧有的风格，布置不俗。小龙泓一带可以望到阮公墩，是最可流连的所在。我最欣赏那边几株悬崖形的老梅树，铁干虬枝，苍古可喜，如果缩小了种在盆子里，加以剪裁，可作案头清供。可惜来迟了些，梅花都已谢了，只有一二株送春梅，还是红若胭脂，似与桃花争艳。山下有堂，陈列着十圆、集圆等几盆名兰，而以素心荷瓣的雪香素为最，春兰的花时已过，这几盆大概是硕果仅存的了。堂左有一片空地，搭架张白布幔，陈列春兰、蕙兰、建兰等千余盆，真是洋洋大观，见所未见。料知早一些来赶上春兰的全盛时期，定然幽香四溢，令人如入众香国哩。听说管领这许多兰花的，名诸友仁，是一位艺兰专家，已有数十年的经验。

西湖胜处太多了，来不及一一遍游，我们却看上了虎跑，第二天早上便冒雨向虎跑进发。一行七人，除了我夫妇二人外，有汪旭初、谢孝思、范烟桥诸君，一路上谈笑风生，逸情云上。虎跑的泉水清冽可爱，记得往年在这里品茗，曾用七八个铜子放在杯子里，水虽高出杯口，却并不外溢，足见水质之厚了。我们在泉畔喝龙井茶，津津有味，一连喝了好几杯，竟如牛饮。因为连日下雨，涧泉水涨，从乱石间倾泻而下，玎琤可听。下山时我就胡诌了一首打油诗："听水听风不费钱，杏花春雨自绵绵。狮峰龙井闲闲啜，一肚皮装虎跑泉。"

第二个胜处，我们就看上了苏堤，这一条苏堤起南迄北，横截湖中，为苏东坡守杭时所筑。中有六桥，一曰映波，二曰锁澜，三曰望山，四曰压堤，五曰东浦，六曰跨虹。全堤长约八里，夹堤都种桃柳，苏堤春晓时，的是一片好景。

我们先从映波桥畔的花港观鱼游起。这儿现在已辟作杭州市公园，拓地二三百亩，布置得楚楚可观，一带用刺杉木作成的走廊和两座伸出湖滩的竹亭，朴雅可喜。有三株垂丝海棠，开得十分娇艳，此时此际，不须高烧银烛照红妆了。一个方形的池子里，红鱼无数，唼喋有声。我虽非鱼，也知鱼乐，在池边小立观赏，恰符花港观鱼之实。

踏上映波桥，见桥身已新修，栏作浅碧色，似是水泥所制，柱头狮子雕刻很精，疑是旧制。后问邵裴子先生，才知六桥全是用安徽的茶园石建成，而雕刻也全是新的，这成绩实在太好了。我们边走边赏两面的湖光山色，并欣赏那夹堤拂水的一株株垂柳。可是雨丝风片，老是无休无歇，我就借范烟桥来做了一首打油诗："招邀俊侣踏苏堤，杨柳条条万绿齐。只恨朝来风雨恶，范烟桥上瘦鹃啼。"烟桥他们听了，都不由得笑起来。我更打趣道："今天除了堤上原有的六条桥外，又从苏州搬到一条桥了。"

走过了第三条望山桥，便见湖面一座红色的小亭子里，立着一块"苏堤春晓"的碑，微闻杨柳丛中鸟声啁啾，活活的是春晓情景。远望刘庄，一带白墙黑瓦，还保持它旧有的风格，与湖山的景色很为调和。从第一桥到第五桥这一段，实在是苏堤最美的所在，碧水青山绿杨柳，一一奔凑眼底，美不可言。我还是破题儿第一遭走完这条苏堤，真觉得是一种莫大的享受，虽走了八里多路，也乐而忘倦了。

"峰从何处飞来？泉自几时冷起？"这是前人对于飞来峰和冷泉的问句。当即有人答道："峰从飞处飞来，泉自冷时冷起。"答如不答，很为玄妙，给我三十年来牢牢地记在心头，不能忘怀，而对于这灵隐的两个名胜，也就起了特殊的好感。于是我们在楼外楼醉饱之后，就向灵隐进发，大家虎虎有生气。

一下汽车，立刻赶到飞来峰一线天那里，峰石上绣满苔藓，经了雨，青翠欲滴。进洞后，仰望一线天，只如鹅眼钱那么大，微微地透着光亮，若隐若现。出了洞，沿着石壁转进，又进了几个洞，彼此通连，好像在一座大厦里，由前厅进后厅，由右厢进左厢一般。往年我似乎没有到过这里，据说一部分还是近二年挖去了淤塞的泥土而沟通的。这一带奇峰怪石，目不暇接，我和孝思俩边走边欣赏边赞叹，不肯放过一峰一石，觉得湖石所堆迭的假山，真是卑卑不足道了。

对于飞来峰的评价，以明代张宗子和袁中郎两篇小记中所说的最为精当。张记有云："飞来峰棱层剔透，嵌空玲珑，是米颠袖中一块奇石，使有石癖者见之，必具袍笏下拜，不敢以称谓简亵，只以石丈呼之地。"袁记有云："湖上诸峰，当以飞来峰为第一，峰石逾数十丈，而苍翠玉立，渴虎奔猊，不足为其怒也。神呼鬼立，不足为其怪也。秋水暮烟，不足为其色也。颠书吴画，不足为其变幻诘曲也。"二人对于飞来峰的倾倒，真的是情见乎词。袁又有《戏题飞来峰》诗二首云："试问飞来峰，未飞在何处？人世多少尘，何事飞不去？高古而鲜妍，杨班不能赋。""白玉簪其颠，青莲借其色。惟有虚空心，一片描不得。平生梅道人，丹青如不识。"高古而鲜妍，自是飞来峰的评价，无怪杨班不能赋，梅道人描不得了。

峰峦尽处，有一大片竹林，在雨中更见青翠，真有万竿烟雨之妙。我们走到中间，流连了好一会，竹翠四匝，衣袂也似乎染绿了。

走过红红绿绿的春淙亭，视若无睹，直向冷泉亭赶去。那泉水轰轰之声，早在欢迎我们了。我在泉边大石上坐了下来，看那一匹白练，从无数乱石之间夺路下泻，沸喊作声，古人曾说："此水声带金石，已先作歌舞声矣。"比喻更为隽妙。唐代白乐天对冷泉也有很高的评价，他说："山树为盖，岩谷为屏，云从栋出，水与阶平。坐而玩之，可濯足于床下，卧而狎之，可垂钓于枕上。潺湲洁澈，甘粹柔滑，眼目之器，心舌之垢，不待盥涤，见辄除去。"我在这里坐了半小时，真觉得俗尘万斛，全都涤尽了，因口占一绝句："桃李恹恹春寂寂，风风雨雨做清明。何如笠屐来灵隐，领略幽泉泻玉声。"

一九五六年四月

秋栖霞

栖霞山的红叶，憧憬心头已有好多年了。这次偕程小青兄上南京出席会议，等到闭幕之后，便一同去游了栖霞山。

南京本有一句俗语，叫做"春牛首，秋栖霞"，就是说春天应该游牛首山，秋天应该游栖霞山。因为栖霞山上有不少的三角枫和阔叶树，深秋经霜之后，树叶全都红了，如火如荼地十分美观。唐人诗中所谓"霜叶红于二月花"，确是并不夸张。记得在抗日战争期间，曾有一位文友写信给我说："秋深了，栖霞山的枫叶仍是异样的红，只是红的色素中已带了些惨黯的成分，阳光射在叶上，越发反映出一种可怕的颜色。'丹枫不是寻常色，半是啼痕半血痕'，整个的中国，也已不是寻常的景色，真的半是啼痕半是血痕啊！"可是现在我们走上栖霞山来看红叶，却怀着一腔是愉快的心情，所可惜的，霜降节才过，枫叶还没有全红，大约还要再过半月，就那红叶满山，才是"秋栖霞"的全盛时代了。

我们先在栖霞古寺门前看了看那块用梅花石凿成的一丈多高的明征君碑，又看到了碑阴"栖霞"两个劈窠大字，很为劲挺，相传是唐高宗李治的亲笔。从寺旁拾级而登，看到了那座创建于隋代而重建于南唐时代的舍利塔，浮雕的四天王像和释迦八相图，都是十分精工的。附近一带的山石，都凿成了大大小小的佛龛，龛中都是佛像。我最欣赏那座称为三圣殿的大佛龛，中供一丈多高的无量寿佛坐像，两旁有观音、势至两菩萨的立像，宝相庄严，不同凡俗。而最足动人观感的，在一个佛龛中却并不是佛而是一个石匠，一手执锤，一手执凿，表现出劳动人民工作时的形象，据说那许多大小佛龛和佛像，全是他一手凿成的。

　　一步步走将上去，见大大小小的佛龛和佛像，更多得不可胜数。据说从齐、梁，以至唐、宋、元、明诸代陆续增凿增刻，多至七百余尊，都是依着岩石的高低，散布在左右上下，号称千佛，因此定名千佛岩。这里一片翠绿，全是松树，与枫树互相掩映，到了枫树红酣的时节，那真变做一个锦绣谷，美不胜收了。

一九五七年十月

万古飞不去的燕子

"微风山郭酒帘动，细雨江亭燕子飞。"这是清代诗人咏燕子矶的佳句，我因一向爱好那"燕燕于飞"的燕子，也就连带地向往于这南京的名胜燕子矶。恰好碰到了出席江苏省文学艺术工作者代表会议的机会，就在一个星期日呼朋啸侣合伙儿上燕子矶去，要看看这一只长栖江边万古飞不去的燕子。

在新街口附近乘 12 路无轨电车直达中央门，转搭 8

路公共汽车，车行约四十分钟，燕子矶便涌现在眼底了。那块大岩石迭成的危崖，临江耸峙，真像一头挺大挺大的燕子，振翅欲飞。一口气跑到顶上，见崖边围着铁蒺藜，因为在旧时代里，常有活不下去的人到这里来从燕子背上跳下江去，结束他们的生命，所以借此预防。可是"解放"以来，早就没有这种惨剧了。我小坐休息了半晌，便从斜坡上跑了下去，直到江边的沙滩上。只因连月少雨，江水退落，就形成了一大片滩，可以供人行走，倒也不坏。放眼远望，只见水连天，天连水，远近帆影点点，出没烟波深处，给这萧索的寒江，作了很好的点缀。据前人游记中说："孤岑突立江上，铁锁贯足，江水抱其三面，一二亭表之，巅之亭最可憩望。去亭百步，有飞崖俯江，俯身岩上，攀木垂首而视，风涛舟楫，隐隐其下也。矶崖之下，多渔人设罾，或依沙洲石濑为舍，或浮舍水上，或隐其身山罅，或就崖树下悬居，或将鱼蟹向客，卖换青钱，或就垆换酒竟去，悠悠天地，此何人哉！"这是从前某一时期的情景，现在渔民有了公社，各得其所，可不是这样了。从这里看到遥遥相对的一大片滩上，有着密密层层的屋子，大概就是古人诗中所谓"两三星火是瓜洲"的瓜洲吧？

　　我沿着滩一路走去，时时仰望那突兀峥嵘的岩石悬崖，才认识到了燕子矶特殊的美点，并且越看越像是燕子了。这时四下里寂寂无声，只听得我们一行人踏在沙上的脚步声，在瑟瑟地响。好一片清幽的境界，使我的胸襟也一清如洗，尽着领略此中静趣，正如明代杨龙友来游燕子矶时所说的："时寒江凄清，山骨俱冷，其中深远澄淡之致，使人领受不尽，因思天下事境，俱不可向热闹处着脚。"这是从前诗人画家以及一般隐逸之士的看法，而爱好热闹的人，也许要嫌这环境太清幽，太冷静了。

　　三台洞是江边著名的胜地，沿着滩，走了好些路，才到达头台洞、二台洞，两洞都是浅浅的，似乎没有甚么特点，在洞口浏览了一下，就退了出来。另有一个观音洞，供奉着一尊金身的观音像，金光灿然，瞧去并不很大，据说本是一位高僧的肉身，把它装金改制而成，那么就等于是一个木乃伊了。此外无多可观，我们也就匆匆离去，继续向三台洞进发。

　　三台洞倒是一个可以流连的所在，前人游三台洞诗，曾有句云："石屝藤蔓迷樵路，流水桃花引客来。"这时节虽还没有桃花，而三台洞的美名，却终于把我们引来了。洞的正面也供着一尊佛像，地下有一个方塘，碧水沦涟，瞧去十分清洌，倒是挺好的饮料。右边有一扇门，门额上有"小有天"三个字，足见里面定是别有一天的。从这里进去，见有好多步石级，我们好奇心切，拾级而登，到了一个转角上，顿觉眼前一片漆黑，伸手竟不见了五指。我们却并不知难而退，还是暗中摸索地走将上去。我偶不小心，头额撞着了石块，疾忙低下头去，一面招呼后面的朋友们当心脚下，更要当心头上。好在摸到了一旁有栏杆帮忙，我们就这样前呼后拥地扶着栏尽向上爬。再转一个弯，眼前豁然开朗，已到了一座孤悬的小楼上，却见上面更有一层，于是拾级再向上爬，就达到了第三层，大家才站住了脚，这一段摸黑的过程，倒是怪有趣味的。我定一定神，抬眼向江上望去，穿过了浩淼的烟波，似乎可以望到大江以北，恨不得摇身一变，变作了燕子，从燕子矶上飞将过去，绕个大圈儿再飞回来啊！

小立一会，觉得风力很劲，不可以久留，就又摸着黑，曲折地拾级而下。到了洞口，那个守洞的老叟招呼我们坐了下来，给了我们几杯茶，说是用方塘里的泉水沏的。据他老人家说，这泉水水质很厚，即使放下二十多个铜子，水也不会溢出杯外，这就可以跟我们苏州天平山上的钵盂泉水媲美了。老叟健谈，又对我们说起从前某一年在洪水泛滥时期，江水汹涌而来，直高出那扇榜着"小有天"三字的门顶，当下他指着墙上一道水印，依然还在。我听了舌挢不下，料知那时定有半个洞被水淹没了。这些年来，我政府大兴水利，洪水为患的恶剧，从此不会重演哩。

我们告别了老叟，告别了三台洞，在夕阳影里，仍沿着来路从沙滩上走回去。所过之处，常有发现先前被江水冲激进来的石块。我拾取了几块玲珑剔透的，揣在怀里，作为此游的纪念，预备带回家去作水盘供养，如果日久长了苔藓，那么绿油油地，也就是供玩赏了。

一般人以为燕子矶没有甚么好玩，不过望望长江罢了。然而从沙滩上望燕子矶，就觉得它的美，大可入画，并且加上一个三台洞，好玩得很，所以到了燕子矶，就非到三台洞不可。归途犹有余恋，就在手册上写下了两首诗：

　　燕子飞来不记年，危崖危立大江边。幽奇独数三台洞，一径潜通小有天。

　　暗中摸索疑无路，不畏艰难路不穷。安得云梯长万丈，扶摇直上叩苍穹。

一九五七年十一月

万古飞不去的燕子

江上三山记

当我们烹调需要用醋的时候，就会联想到镇江。因为镇江的醋色香味俱佳，为其他地方的出品所不及，于是镇江醋就名满天下，而镇江也似乎因醋而相得益彰。然而镇江的三座名山——耸峙在江岸的金山、焦山、北固山，各据一方，鼎足而三，更是名满天下。

一九五八年，我们苏州的几个朋友，刚从南京游罢回去，路过镇江，忽动一游三山之兴，并且想买些镇江醋，准备作持螯赏菊之用。于是就相率下车，欣欣然作三山之游。

金山和焦山，一向并称，好像手足情深的兄弟一样。金山是兄，焦山是弟，各有名胜，各有特色。明代王思任曾对金、焦品评过一下，他说："金以巧胜，焦以拙胜。金为贵公子，焦似淡道人。金宜游，焦宜隐。金宜月，焦宜雨。金宜小李将军，焦则大米。金宜神，焦宜佛。金乃夏日之日，而焦则冬日之日也。"我们为了要体验这评语对头不对头，就决计先访"兄"而后访"弟"，先游金而后游焦。

到得我们游过金、焦之后，彼此作了对比，我觉得王思任的评语，自有见地。试以药来作比，金山之属于热性的，焦山是属于凉性的；试以文章来作比，金山是典丽裔皇的骈体文，焦山是隽永淡雅的明人小品。我曾把这个对比征求朋友们的意见，大家一致通过，并无异议。

一登金山，那座七层宝塔所谓江山寺塔，早就在那里含笑迎客了。我们一面抬头望着塔答礼，脚下却不知不觉地跨进了金山寺。这个寺原名江天寺，殿宇很多，气派很大，据说抗战初期的某一年不知怎么起了火，毁了一部分，遗址倒形成了一片小小的广场，使塔下空旷多了。塔在山的北部，宋元符末初建，名荐慈塔，又名慈寿塔。宋末毁于兵火，明代隆庆三年重建，改名江天寺塔。塔木质，七级，作八角形，四周有栏杆，中有塔心。金山有此一塔，生色不少。山顶有江天阁。是登眺的好去处；另有一座海岳楼，宋代大书法家米元章曾在这里住过，楼上有横额，三大字就是他的手笔。江边名胜有善才、石簰（一称石排）、巧石、郭璞墓等，都是游人流连的所在。清代诗人王渔洋曾有《登金山》诗，云："振衣直上江天阁，怀古仍登海岳楼。三楚风涛杯底合，九江云物坐中收。石簰落照翻孤影，玉带山门访旧游。我醉吟诗最高顶，蛟龙惊起暮潮秋。"这一首诗，差不多已道尽了金山之胜，所谓玉带山门，却包含着一段故事。据说宋代高僧佛印住金山寺，苏东坡前来谈禅，佛印对东坡说："这里有一句转语，要是回答不出，就得留下你的玉带来，镇住山门。"当时东坡听了转语，不知所对，只得解下了腰间玉带，留在寺中。现在寺中新辟了一个文物陈列室，不知有没有东坡的玉带啊？

金山的名胜，我只是粗粗领略，印象较为深刻的，却是号称"天下第一泉"的中泠泉。我们一行人被天下第一这个夸大的赞词吸引住了，就坐在那边的轩榭里品茗小憩，我们为了喝的是天下第一的泉水，就一杯又一杯的灌下去，似乎分外地津津有味。我喝饱了茶，就站起身来溜达一下，看轩榭中有没有好的联语。就中有两副，一副是集宋人词句："阑干斜照未满，江山特地愁余。"一副是："予初无心皆可乐，人非有品不能闲。"语意空泛，都是与天下第一泉无关的。这时我们就告别了"金兄"，再去拜访它的"焦弟"。

焦山浮在江上，正如古美人头上的螺髻，峨峨高耸，显得十分美好。我们一个个踏上了渡船，不多一会，早就到了焦山脚下。怎么叫做焦山呢？只因汉代有处士焦光隐居在这里，从此得名，而在汉代以前，是称为谯山的。山并不太大，而山上的岩和石，却丰富多彩、名目繁多，岩有狮子、栈道、观音、瘗鹤、罗汉、独卧、浮玉诸称；石有善才、心经、虾蟆、铜鼓、翠微、霹雳、系缆、钓鱼、角觝以及醉石、音石诸称。这许多岩啊、石啊，散在各处，都要自己去找寻，自己去观赏的。

山麓有一石洞，洞壁刻着一头张牙舞爪的狮子，因名狮窟。窟外有小院，堆石为山，叫做一笑崖。崖有小石龛供弥勒佛，老是对人作憨笑。崖下有小池，种着莲花，中有片石矗立，刻着章太炎手写的"寿山福海"四字，古朴可喜。这小院的面积不过二三丈，而小小结构，很有丘壑，带着一些苏州园林的风格。上了山，一路多小庵，有碧山、石壁、自然、香林、玉峰诸称，而以松寥阁最为幽秀。小轩面江，和象山遥遥相对。站在岗前看山看水，长江滚滚，后浪推着前浪，似乎要滚到窗子上来，看着看着，真可以大豁胸襟，大开眼界哩。

　　定慧寺是山中著名的古刹，建自东汉，历史悠久，已饱阅了沧桑。寺门口的石壁上，有"海不扬波"四大字，用石砌成，非常光滑，听说旧时一般船户往往取了制钱在这四个字上用力磨擦，带回去给小孩子佩带在身上，说是可以压邪的。山门内有地一弓，绿竹漪漪，很有幽致。贴邻就是纪念焦光的焦公祠，这里陈列着不少文物，多数是和焦山有关的。最好玩的是用清水养着的几个奇石，石纹如画，有的像梅鹤，有的像寿星，有的像美人，有的像船只，五色斑斓，十分可爱。

出焦公祠，鱼贯登山，那古来著名的《瘗鹤铭》残碑，就在山麓的石壁上。宋代爱国大诗人陆放翁和他的朋友们曾来此寻碑，勒石为记："陆务观、何德器、张玉仲、韩无欲，隆兴甲申闰月廿九日踏雪观《瘗鹤铭》，置酒上方，烽火未息，望风樯战舰，在烟霭间，慨然尽醉。薄晚泛舟自甘露寺以归。明年二月壬午圜师刻之石，务观书。"文章和书法，堪称双绝。从这里上观音崖，有楼名夕阳楼，可以送夕阳，迎素月。再上去，有轩名听涛书屋，当前有一株挺大的枇杷树，绿叶重重，垂荫很低，树下有石案石磴，坐在这里望江听涛，真可扑去俗尘一斗。左面有亭翼然，名坚白亭，有集句联云："金山共此一江水，王母来寻五色龙。"好语如珠，把金山联系起来，自觉隽永有味。最后我们直上东峰，在吸江楼上放眼四望，忽有一种豪情涌上心头，想长啸，想高歌，终于想起了清代诗人李龙川的一首诗，就临风朗诵起来："长江水，长江水，千古兴亡都若此。扁舟来往几千年，借问长江谁似我？我来焦公岩下坐，秋阴黯黯迷朝暮。别有秋心天外飞，化为孤鹤横江过。江云漠漠水悠悠，雨雨风风总是秋。江妃知我心中事，一夜秋声到枕头。"

游过了金、焦，当然不肯放过那鼎足而三的北固山。一上北固山，当然忘不了那刘备相亲的甘露寺，因为《三国演义》中的这一出喜剧，早就在我们心上扎了根了。传说刘备相亲时，和他的舅子孙权同在一起，为了示威起见，曾挥剑向殿前一块椭圆形的大石头砍去，砍出一条裂纹来。后人就称此石为试剑石。近旁另有一块较平的石头，没有名称，据说是刘备和他的未婚妻孙尚香曾经坐在石上赏月。寺下的山坡，叫做跑马坡，传说是当时孙权和刘备跑马竞赛的所在。传说毕竟是传说罢了，姑妄听之，又有何妨。山门大书"天下第一江山"六字，是南宋吴琚的手笔，又有明代米万钟所写的"宏开鹫岭"四字，都是铁画银钩，雄健得很。

　　山上最大的特点，就是江苏全省独有的那座铁塔，塔为唐代李德裕所建，已有一千一百余年的历史。据文献记载铁塔共有七层，作八角形，高约十三米，乾符中毁，宋元丰中裝据重建。明万历癸未童谣，"风吹铁宝塔，水淹京口闸"，这一年海啸塔颓，后经僧性成、功淇重建。清同治七年，塔顶又断，迄未修复，只剩最下二层，面目全非。

甘露寺内有小楼，名石骚楼，踏进去时，忽有桂香扑鼻，很为浓郁，可是并不见有桂花，奇极！也许是我的错觉吧。此外又有一楼，名风价楼，横额上，有跋云："昔人谓五月买松风，人间本无价，而华阳洞三层楼乃得终日听之。今窃二义，用题兹额，谁欤欲买松风，请于此中论价也可。蒋寿昌。"寥寥数语，却也隽妙可诵。又有五言联"山从平地有，水到远天无"，也是很可玩味的。临江有亭，叫做江山第一亭，这是全山最胜处，望江也好，看山也好，望长江如在脚下，看金、焦如在肘腋间。入亭处横额上题有"头头是道"四字，并不见好，而亭柱上的三副联语，却很可取，我尤其爱"客心洗流水，荡胸生层云""此身不觉出飞鸟，垂手还堪钓巨鳌"二联。一面唱，一面踱下山去，我虽不能垂手钓巨鳌，却已"荡胸生层云"了。

一九五八年二月

绿杨城郭新扬州

扬州的园林与我们苏州的园林，似乎宜兄宜弟，有同气连枝之雅。在风格上，在布局上，可说是各擅胜场，各有千秋的。个园是扬州一座历史悠久的旧园子，闻名已久。我平日爱好园林，因此一到扬州，即忙请文化处长张青萍同志带同前去观光。园址是在城内东关街，通过一条小巷，进了侧门，就看到一带重重叠叠的假山，沿着一片水塘矗立在那里。张同志对于这些假山有一种特别的看法，给它们分作春、夏、秋、冬四个部分。他指着前面入口处的两旁竹林和一根根的石笋，说这是春的部分，而把竹林的"竹"字劈分为二，成为"个个"，个园的名称，大概就是由此而来的。他又指着左面的一带太湖石假山，说这些山石带着热味，就作为夏的部分。而连接在一起的黄石假山，石色很像秋季的黄叶，可以作为秋的部分，瞧上去不是分明带着肃杀之气吗？最后他带着我到右面尽头处去，指着一大堆宣石的假山，皑皑一白，活像是雪满山中的模样。我识趣地含笑说道："这不用说，当然是冬的部分了。"张同志点头称是，又指着壁上两个圆形的漏窗，正透露着春的部分的几株竹子，他得意地说："您瞧您瞧！春天快到，这里不是已漏泄了春光吗？"我笑道："您这一番唯心论，发人所未发，倒也挺有意思。"

张同志伴同我在那些假山中间穿行了一周。他要我提些意见。我觉得有好多处曾经新修，不能尽如人意，不是对称而显得呆板，就是多余而有画蛇添足之嫌。倒是随意放在水边的那些石块，却很自然而饶有画意。那一带黄石假山，是北派的堆法，不易着手，这里有层次，有曲折，自有它的特点，可惜正面的许多石块，未免小了一些，而接笋处的水泥过于突出，很为触目，使人有百衲衣的琐碎的感觉。最使我看得满意的，却是那一大堆宣石的假山，堆得十分浑成，真如天衣无缝，不见了针线迹；并且石色一自如雪，像昆山石一般可爱。总之，现在我们国内堆叠假山的好手几等于零，非赶快培养新生力量不可。设计构图，必须请善画山水的画师来干。假山最好的范本，要算是苏州环秀山庄的那一座，出清代嘉道年间名家戈裕良手，好在是他懂得"假山真做"的诀窍，拙朴浑厚，简直是做得像真山一样。

为了要瞻仰市容，出了个园，就一路溜达着。全市已有了两条柏油大路，十分平坦，拆城以后，就在城墙的基地上造了路，以利交通。在历年绿化运动中，又平添了不少大大小小的街头花园，利用了街头巷角的空地，栽种各种花木，有的还用湖石点缀，据说全是居民群众搞起来的。萃园招待所的附近，有较大的一片园地，标明五一花圃，布置得很为整齐，常有学生在上课下课的前后，到这里来灌溉打扫，原来这是学生们自己所搞的园地，经常可作劳动锻炼的场合。扬州旧有"绿杨城郭"

之称，就足以说明它本来是个绿化的城市，现在全市有了这许多街头花园，更觉绿化得分外的美丽了。

瘦西湖是扬州的名胜，也是扬州的骄傲，大概是为的比杭州的西湖小了一些，因称瘦西湖。

扬州的芍药久已名闻天下，古人诗词中咏芍药必及扬州，如宋代王十朋句："千叶扬州种，春深霸众芳。"元代杨允孚句："扬州帘卷春风里，曾惜名花第一娇。"等，足见扬州芍药的出类拔萃，不同凡卉了。在这瘦西湖公园里，有一个小小的芍药花坛，种着一二十丛芍药，这时尚未凋谢，以紫红带黑的一种为最美。据说扬州芍药，旧有三十多种，现存十多种，最名贵的"金带围"尚在人间，目前全扬州花农们所培养的共有一千多丛，已由园林管理处全部收买下来，蔚为大观。

走过一顶小桥，又是一片名为凫庄的园地，占地不大，而布置楚楚可观，周游了一下，就通过一条小径，踏上五亭桥去。这一座集体式的桥，可说是我国桥梁中的杰作，近年来曾经加以修饰，好像五姊妹并肩玉立，都换上了新装，虽富丽而并不庸俗。莲性寺的白塔近在咫尺，倒像是一尊弥勒佛蹲在那里，对人作憨笑，跟五亭桥相映成趣。附近还有一座钓鱼台，矗立在水中，也给增加了美观。这一带是瘦西湖的精华所在，我们在桥上左顾右盼，流连不忍去。

在莲性寺吃了一顿丰富的素斋，休息了一会，就坐了游船，向平山堂进发，在碧琉璃似的湖面上划去，听风听水，其乐陶陶。到了平山堂前，舍舟上岸，进了大门，见两面入口处的顶上，各有横额，一面是"文章奥区"，一面是"仙人旧馆"，原来这里是宋代大文学家欧阳修的读书处。那所挺大的堂屋中，也有一个"坐花载月"的横额，两旁有几副楹联，都斐然可诵，其一云："衔远山，吞长江，其西南诸峰，林壑尤美；送夕阳，迎素月，当春夏之交，草木际天。"其二云："云中辨江树，花里弄春禽。"其三云："晓起凭阑，六代青山都到眼；晚来对酒，二分明月正当头。"这三副联各有韵味，耐人咀嚼。壁间有好几块书条石，都刻着前人的诗词，其一是刻的苏东坡吊欧阳修词："三过平山堂下，半生弹指声中。十年不见老仙翁，壁上龙蛇飞动。 欲吊文章太守，仍歌杨柳春风。莫言万事转头空，未转头时皆梦。"末二句，显示出他当时的人生观是消极的。后面另有一堂，名谷村堂，我独爱门口的一联："天地长春，芍药有情留过客；江山如旧，荷花无恙认吾家。"原来作者姓周，下联恰合我的口味，不由得想起爱莲的老祖宗濂溪先生来了。

庭中有一座石涛和尚塔，顿时引起了我的注意，凑近去看时，见正面的石条上，刻着几行字："石涛和尚画，为清初大家，墓在平山堂后，今已无考，爰立此塔，以资景仰。"石涛那种大气磅礴的画笔，是在我国艺术史中永垂不朽的，可惜他的长眠之地已不知所在，不然，我也要前去献上一枝花，凭吊一下。

出了平山堂，舍舟而车，赶往梅花岭史公祠去。我在中学里念书的时候，明代民族英雄史可法的忠肝义胆，给我的影响很大，念念不忘。这时进了祠堂，瞻仰了他的遗像，肃然起敬。三十年前我第一次来扬时所看到的两副楹联："生有自来文信国，死而后已武乡侯。""数点梅花亡国泪，二分明月故臣心。"还有那"气壮山河"的四字横额，都仍好好地挂在那里，这是我一向背诵得出的。此外还有两副银杏木的楹联："自学古贤修静节，唯应野鹤识高情。""斗酒纵观廿一史，炉香静对十三经。"

笔力遒劲，都是史公的真迹，而也可以看到他的胸襟。他那封大义凛然的家书的石刻，也依然嵌在壁间，完好如旧。

第三天的下午，到城南运河旁的宝塔湾去参观。那边有一座整修好了的文峰塔，也是扬州古迹之一。塔共七级八面，平面作八角形，用砖石混合建筑而成。它最初起建在明代万历十年，即公元一五八二年，同时又在塔旁建寺，就叫做文峰寺。清代康熙年间，因地震震落了塔尖，次年由一个姓闵的捐款修葺，安上一个新的，并增高了一丈五尺，修了半年才完工。到得咸丰年间，寺毁，塔也只剩了砖心，后由当地各丛林僧人集合大江南北住持募捐修复。近几年间塔身有了裂缝，岌岌欲危，市人委为了保存古文物起见，才把它彻底修好了。当下我们直上塔顶，一开眼界，而这一座美好的绿杨城郭新扬州，也尽收眼底了。

一九五八年六月

听雨听风入雁山

    日思夜想，忽忽已二十五年了，每逢春秋佳日，更是想个不了。这是怎么一回事？却原来是害了山水相思病，想的是以幽壑奇峰著称的浙东第一名胜雁荡山。不单是我一个人为它害相思，朋友中也有好几位是同病的，只因一年年由于天时人事的牵制，都一年年的拖延下来，只索一年年的作神游作梦游罢了。

    我平日喜欢做盆景，去年做了个雁荡山的盆景。挑选了几块大大小小的广东英山石，像玩七巧板一般，凑放在一只玛瑙石的长方形浅盆中，利用石上白条子的天然石筋，当作瀑布，就算是我那渴想已久的大龙湫了。从这一天起，我就把它作为案头清供，还胡诌了一首诗："神驰二十五春秋，幽壑奇峰梦里游。范水模山些子景，何妨看作大龙湫！（元代高僧韫上人能作盆景，称为些子景）"

我天天看着那盆假山假水的假雁荡，看得有些儿厌了，老是惦念着雁荡的真山真水，恰恰今年五月下旬，有上雁荡山的机会，便毅然决然地走了。

一行七人，先到了温州，一路听雨听风的进入雁荡山，来回半个月，二十五年相思一笔勾。

雁荡山在浙江省东南部。多奇峰，以北雁荡山（乐清县东北）、中雁荡山（乐清县西）、南雁荡山（平阳县西南）为著。古称"东瓯三雁"。北雁荡山最为奇秀，周约一百八十里，据说山上有一百零二峰、六十一岩、四十六洞、二十六石、十三瀑、十七潭、十四嶂、十三溪、十岭八谷、八桥七门、六坑四泉、四水二湖等等，你要游吧，游不胜游；你要写吧，也写不胜写。一般人游踪所至，主要是在灵峰、灵岩、大龙湫三个风景区，单是这二灵一龙，也就足够你游目骋怀，乐而忘返了。

我们刚到灵峰寺，就一眼望见群峰环拱，光怪陆离，真的如入山阴道上，应接不暇。明代王季重曾说："雁荡山是造化小儿时所作者，……山故怪山供，有紧无要，有文无理，有骨无肉，有筋无脉，有体无衣，俱出堆累雕鏊之手。"他简直把雁荡山看作造化小儿的玩具和手工堆成的盆景，而灵峰一带的奇峰怪石，也确是活像一座座几案上的石供。

雁荡的峰啊岩啊，大半是因像物像形而定名的，例如灵峰区的接客僧、犀牛望月、老猴披衣、双笋峰、合掌峰等；灵岩区的上山鼠、下山猫、老僧拜塔、天柱峰、展旗峰等，都很妙肖，有的峰岩换一个角度看，也会换一个形象。导游的乐清县副县长倪丕柳同志随时指点，倍添兴趣，我曾记之以诗："千岩万石如棋布，移步换形各逞妍。一路情殷劳指点，使君舌上粲青莲。"

灵峰区的奇峰，以合掌峰为最，高高的插入云霄，双岩相并，好像是两只巨灵的手掌合在一起，而腰部却又豁然开朗，造起了九层高楼，有如古画中的仙山楼阁，却又可望而可即，顿时把我们吸引上去。不知走过多少石级，就到了楼上，见有"石釜天成"一个横额，并有联语："天可阶升，无中道而废；泉能心洗，即出山亦清。"我们当然不肯中道而废，就一层又一层地走上去，也看到了一个又一个的奇景，扩大了视野。洗心泉清澈见底，可鉴毛发，而漱玉泉水从洞顶细碎地泻下来，水珠亮晶晶地，仿佛在洞前挂上一张珠帘。最高处天开奇境，一洞空明，中供观音像，因称观音洞，从这里放眼望去，只见群峰竞秀，气象万千，真使人如登仙界，疑非人境了。

"簇簇群峰围古寺，陆离光怪总堪思。爱他一柱擎天表，卓立千秋绝代姿。"这是我到灵岩寺时，一见那顶天立地气势雄伟的天柱峰，情不自禁地口占了这首诗歌颂起来。跟天柱峰对立而分庭抗礼的，又是一座高大的奇峰，好像是一面大纛旗般在空中飘扬，这就是展旗峰。清代袁枚有诗："黄帝擒蚩尤，旌旗不复收。化为石步障，幅幅生清秋。"当时诗人的想象，真比喻得出奇，而现在我们看到东方红太阳照耀全峰时，真好像是一面大红旗哩。

看了雁荡不可胜数的胜景，足证祖国的"江山如此多娇"，真使人有游不尽看不足之感。在山七天，几乎天天是听风听雨，但我们还是冒着风雨出游，并不气馁，畅游之下，几乎把家都忘了。身在二灵，不无灵感，戏作一字韵诗，以谢山灵。"听雨听风入雁山，二灵端的是灵山。群峰排闼如留客，底事回头恋故山？"

一九六一年六月

欲写龙湫难下笔

在雁荡山许多奇峰怪石飞瀑流泉中，大龙湫和小龙湫是一门双杰。两者虽相隔十多里，各据一方，各立门户，却是同露头角，同负盛名。他们是雁荡的两条巨龙，龙涎长流，亘古不绝。我在游雁荡之前，早就久慕大名，心向往之，甚至假想雄姿，制成盆景，朝夕相对，聊慰相思，也足见我对它们的倾倒了。

大龙湫是雁荡名胜重点之一，也可说是雁荡的骄傲，清代诗人江湜曾有"欲写龙湫难下笔，不游雁荡是虚生"一联，给龙湫大力鼓吹，说它们的妙处，简直是难画难描的。这一次我们一行七人游了雁荡，总算不虚此生，而我平生偏爱瀑布，对二龙尤其是梦寐系之，岂可束手不写，因此也就不管下笔难不难了。

古今来文人墨客，对二龙的评价很高，有些说法当然是夸张过了头的，例如有一位诗人曾这么说："怪哉两龙湫，喷沫彻昏晓。灝气包八荒，幻迹凌三岛。"这是多大的口气。凡是诗文歌赋称颂雁荡胜景的，十之七八总要涉及二龙，尤其是大龙湫，独占不少篇幅。我们这回游雁荡，早知名胜太多，不可能一一游遍，而大小龙湫却已订定在游览日程表上，以为无论如何，一定要去拜访。

小龙湫在东谷灵岩寺后，水从石城诸溪涧来，会集于屏霞障的右胁，从岩溜中间泻下，一半沿着崖壁下来，不像大龙湫一空依傍，飞舞作态。据说它的高度是三千尺，而大龙湫是五千尺，大小的区别，即在于此。明代诗人裴绅有《小龙湫歌》："瀑布喷流千仞冈，僧言中有老龙藏。吞云激电下东海，随风洒润如飞霜。我来到此看不足，古殿阴森毛骨凉。疑是素丝挂绝壁，倒悬银汉注石梁。屏风九迭锦霞张，影落澄潭青黛光。老僧指点矜奇绝，忽如雷雨来苍茫。深山大泽人迹荒，夕曛风起驿路长。万山回首转羊肠，空留余润沾衣裳。"我们刚到灵岩寺，先从后窗中窥见了小龙一角，活像是一匹又粗又大的白练，煞是好看。于是我们急不可待，就匆匆地前去欣赏了。从后门出去，不到五分钟已到了那里。这一带奇峰罗列，使小龙湫分外生色，就中有双峰作飞舞之势的，是双鸾峰。一峰瘦削无依，挺身独立的，是独秀峰。一峰如妙女临妆，妩媚多姿的，是玉女峰。一峰下圆上锐，如大笔卓地的，是卓笔峰。小龙湫恰就在这些奇峰环拱之间，汤汤下泻，自是气派不凡。只因昨夜曾下大雨，洪流奔放，似乎其势汹汹，怒不可遏，发出大发雷霆一般的声响，在空谷中激荡着，自觉分外雄壮，小龙倒也不小，不过前人说它高三千尺，那是要大打折扣的。

在山七天，天天下雨，只有一天是个晴天，于是我们就钻了空子，赶往大龙湫去。据说要翻过一千六百多级的马鞍岭，来回步行三十多里，但我们意气风发，没一个掉队的。一路上看到不少新桥新路，所费不多，听说是由于群众的通力合作，才取得了这个多快好省的成绩。大龙湫在西谷的连云嶂旁，我们刚到那双尖夹峙似乎要剪破青天的剪刀峰下，就听得一片沸喊鼓噪的声音，似远似近，在我这瀑布迷较有经验的听觉上，早就知道大龙湫在欢呼迎客了。我们加快了脚步，兴高采烈地赶上前去，先见龙头，后见龙腰，终于看到了龙尾。据明代王季重说："初来似雾里倾灰倒盐，中段搅扰不落，似风缠雪舞，落头则似白烟素火，裹坠一大筒百子流星，九龙戏珠也。"我们此来正在大雨之后，所以看不到这样的光景，只见一条粗壮的大白龙，张牙舞爪地咆哮跳跃下来，正如清代一位诗人所歌颂的："殷雷鸣空谷，天河落九霄。岂因连夜雨，惊起卧龙跳。"原来他也是在大雨后来看大龙湫的。我因慕名已久，此番幸得身临其境，于是，正看侧看，远看近看，走着看，站着看，末了索性披上雨衣，坐近了看，定要看它一个饱。相传唐代开山祖师诺矩罗曾在这里观瀑坐化，我也倒像有不辞坐化之意，我一边看，一边听，仿佛听得一片金戈铁马之声。原来山半有洞，风卷入内，就砰砰轰轰地响了起来。这时阳光万道，照着万斛飞泉，顿觉眼花缭乱，五色缤纷，无怪古人游记中说它："五彩注射，作五色长虹，炫煜不定，白者白蚋，青者青莲，绿者绿珩，红者红罽，紫者紫磨金，人面衣裳，皆受彩绘，变而又神矣。"这些话虽觉夸张，却也近于现实。而歌颂大龙湫极其夸张之能事的，要算清代袁随园的一首诗："龙湫山高势绝天，一线瀑走兜罗绵。五丈以上尚是水，十丈以下全为烟。况复百丈至千丈，水云烟雾难分焉。初疑天孙工织素，雷梭抛掷银河边。继疑玉龙耕田倦，九天咳唾唇流涎。谁知乃是风水相摇荡，波回澜卷冰绡联。分明合并忽分散，业已坠下还迁延。有时软舞工作态，如让如慢如盘旋。有时日光来照耀，非青非红五色宣。夜明帘献九公主，诸天花水敢与此水争蜿蜒。我诗未竟众忽喧，傔从趣我毋迁延。湫顶雨脚黑如伞，雨师风伯不许乖龙眠。"大龙湫的妙处，已被这首诗渲染得够了，我正不必辞费。我们在这里流连很久，如醉如痴，游侣中的老吕、老顾都是摄影能手，给我们一一收入了镜头。为了对大龙湫表示敬意，我于临别时也献上了一首诗："神龙游戏人间世，攫日拿云扫俗氛。破壁飞腾容有日，和平建设正需君。"龙若有知，应加首肯。

我们一行七人，大半是六十以上的。倘以龙来作比，七十三岁的老刘是龙头，五十四岁的老蒋是龙尾。这条龙足足游了七天，天天风里来，雨里去，忽登山，忽涉水，而老子婆娑，兴复不浅，只觉其逸，不觉其劳，倒像是因祖国年轻而也一个个年轻起来了。一路上彼此形影相随，寸步不离，而导游的乐清县倪丕柳副县长和统战部张友孚秘书，更多方照顾，无微不至，我于感激之余，申之以诗："老子婆娑半白头，相随形影共绸缪。情长恰似龙湫水，日夜牵心日夜流。"可不是吗？人与人之间的一片情谊，真的像龙湫水一样长了。

一九六一年五月

雁荡奇峰怪石多

　　浙江第一名胜雁荡山，奇峰怪石，到处都是，正如明代文学家王季重所比喻的件件是造化小儿所作的糖担中物，好玩得很。自古以来，人们就像物像形给题上了许多奇奇怪怪的名称，脍炙人口。天下名山，大半如此，不独雁荡为然。我过分自命风雅，以为这是低级趣味，并无可取。可是一想到这是劳动人民所喜闻乐见，并且是津津乐道的，也就粲然作会心之笑，跟他们契合无间，立即口讲指划地附和起来。

山中七日，掉臂游行，在乐清县倪丕柳副县长和统战部张友孚秘书热情导游、殷勤指示之下，几乎看遍了"二灵一龙"三个风景区的奇峰怪石。好在到处还有木牌一一标明，更增加了我们的兴趣。一行七人，都是老有童心的，除了评头品足，在像与不像的问题上大动口舌外，一面还要别出心裁，有所发明。例如在灵峰区合掌峰的观音洞中，依着岩壁望出去，看到了那个小小的一指观音。同时我们却又发现了一块突出的岩石，有人硬说是像一个土地庙里的老土地，而我却认为活像是一个戴着罗宋帽的上海老头儿，彼此竟引起了争论，可发一笑。

灵峰区的花样儿可真多啦！观音洞的对面，有一座五老峰，好像是五个肥瘦不一的老公公，连袂接踵的在那里走，劲头很足。灵峰寺前，有双笋峰，两峰并峙，体圆顶尖，真像是两只挺大的玉笋。清代诗人凌霰曾宠之以诗："瑶笋千年生一芽，何时两两茁丹霞。凌空未运青云帚，拔地齐抽碧玉丫。"倒是一首好诗。寺左有一岩石，好像是一头鸡，翘首向天，因名金鸡峰；而换了一个角度，再从将军洞外望过去时，却又形似一个女子在那里梳头，因此又称之为玉女梳妆了。寺右偏后有一岩石，似是一头犀牛，正在举首望明月，再像也没有，这就叫做犀牛望月岩。在五老峰的东北，有双峰并起，似是两头大公鸡伸颈相对，分明要斗将起来，于是被称为斗鸡峰。然而它们只是做了个斗的架式，斗是永远斗不成的。

我们两度住在灵峰寺中，天天看着五老双笋，犀牛金鸡，也看得有些儿腻了，很想换换眼界。有一天冒雨上东石梁洞去，走上谢公岭，一眼望见远处有岩，好像是一个和尚危立天际，合掌迎客，据说旧名老僧岩，今称接客僧。清代曾有人咏以诗云："大得无生意，真成不坏身。兀然山口立，笑引往来人。"这与接客的含义，倒是相近的。

从灵峰寺上灵岩寺去，在烈士墓的附近向西望去，见有一座岩石，仿佛是一头老猴子，作昏昏欲睡状，而从净名寺前东望时，却又活像这猴子披着一件长大的蓑衣，要爬上山去。这座岩旧名猕猴石，现在就称之为老猴披衣，更觉形象化了。到了灵岩寺，就望见西南方一岩巍然，好像是一个老和尚，正在拱手礼拜前面一块高耸的大石，因此叫做僧拜石，又称僧抱石。前人有诗："说法终年领会稀，坐中片石解皈依。老僧喝石石大笑，独抱青天看鸟飞。"意含讽刺，大可玩味。

在灵峰灵岩之间，有一座命名最雅的岩石，这就是听诗叟。远远望去，似是一位清癯的老叟，侧着头，倚着岩壁作倾听的模样。所谓听诗，不知是听李白的诗呢，还是听杜甫的诗？清代诗人袁随园却别有高见，要请他老人家听谢朓的诗，他是这样说的："底事听诗听不清，此翁耳觉欠分明。拟携谢朓惊人句，来向青天诵数声。"诗人说他老人家耳聋听不清，真是形容绝倒，但不知朗诵了谢朓惊人之句，他可听得清听不清呢？

我们去看小龙湫瀑布时，见有一峰亭亭玉立，婉娈作态，像个美女子模样，因名玉女峰。听说春光好时，峰顶开满了映山红，仿佛髻上簪花，打扮得更美了。因此明代就有诗人们纷纷赞美，就中一首是："琼媛明妆爱胜游，梳云不作望夫愁。蓬松只恐人来笑，又倩山花插一头。"诗人工于想象，描写得很为生动。去此不远，又有一座岩，近顶处豁然开裂，中间嵌着一块大圆石，好像含着一颗大珍珠一样，据说就叫做含珠岩。我想这也许是小龙湫的小龙跟大龙湫的大龙双方抢珠时，一不小心，把珠儿掉落在这里的吧。

当我们往看大龙湫的大瀑布，向马鞍岭进发时，刚走到灵岩附近的一个所在，猛听得领先的伙伴中，有人大惊小怪地嚷起来道："咦，一头猫！一头猫！"那时我恰恰落后，一听之下，心想瞧见了一头猫，有甚么稀罕，要是见了一头虎，那才稀罕哩。到得赶上前去探看时，原来在路旁的高坡上，有一块岩石，好像是一头大猫正跑下山来，耳目口鼻，栩栩欲活。当下倪副县长给我们解说道："这叫做下山猫，那边还有一头上山鼠哩。"说时，伸手向对面的山上指点着。我们急忙偏过头去向上一望，果然见到另一块较小的岩石，活灵活现地像一头老鼠在逃窜，而那头大猫恰像是在向它追赶的样子，真是天造地设的一个画面啊。后来我在马鞍岭上坐下来休息时，好奇地把手提包中携带着的志书翻开来查阅一下，才知旧时称为伏虎峰，又名望天猫，袁随园又有一首五言好诗，题这一幅天然的灵猫捕鼠图："仙鼠飞上天，此猫心不许。意欲往擒之，望天如作语。"我想这头猫真是枉费心机，追了几千百年，可也始终追不到啊。

"剪水裁云别样图，年年针线寄麻姑。自从玉女无心嫁，刀尺都陪夜月孤。"这是明代诗人杨龙友的《剪刀峰》诗，原来从大龙湫外望时，就可看到一峰高耸，分作两股，像一柄剪刀模样。再进却又变了样，似是一张大船帆，那船正在迎风行驶，因此又名一帆峰。要是转到大龙湫前回望时，那么这座峰似乎大仅丈许，又好像擎天一柱，真可说是移步换形，变化多端了。

怪石奇峰雁荡多，这些不过是我们亲眼见到而比较突出的。此外如将军抱印、童子诵经、二仙会诗、一妇抱儿等，都是像人像仙的峰石，不一定全都相像。至于像狮、像虎、像象、像龟、像凤凰、像橐驼等牲畜的，以至像宝冠、像宝簪、像金鼎、像镜台、像茶炉、像药杵等用具的，那更不胜枚举，只得从略了。

一九六一年六月

雁荡奇峰怪石多

南湖的颂歌

为了南湖是革命的圣地，是党的摇篮，我就怀着满腔崇敬和兴奋的心情，从苏州欢天喜地的到了嘉兴。下了车，放眼一望，便可望见一大片绿油油明晃晃的湖光，正在含笑相迎。老实说，在过去，我来游南湖，已不知有多少次了，这时如见故人，分外亲切。可是由于我的无知，听到它那段光辉的史迹，还是最近的事。南湖南湖，我要向您陪个罪，道个歉，我……我实在是失敬了。

南湖在嘉兴市南三里许，面积八百余亩，一名鸳鸯湖，据《名胜志》载：湖中多鸳鸯，或云东南两湖相接如鸳鸯然，故名。据我看来，后一说比较近似，至于说湖中多鸳鸯，近年来却没有见过，也许是偶或有之吧？前人曾有诗云："东南两湖水，相并若鸳鸯。湖里鸳鸯鸟，双双锦翼长。"《名胜志》说是东南两湖，而诗中却说是东西两湖，不知孰是？古人所作南湖的诗歌，以清代朱竹垞的《鸳湖棹歌》一百首最为著名。后来又有一班诗人受了他的影响，也纷纷地作起棹歌来，例如："浮家惯住水云乡，不识离愁梦亦香。依荡轻舟郎撒网，朝朝暮暮看鸳鸯。""鸳鸯湖水浅且清，鸳鸯湖上鸳鸯生。双桨送郎过湖去，愿郎莫忘此湖名。"都不是一时一人所作，而是借鸳鸯湖这个名称来各自抒情歌唱的。鸳鸯湖的名望太大了，甚至把"鸳湖"来作为嘉兴的代名词。

烟雨楼兀立湖心，是南湖唯一胜景，据说是吴越钱元璙所建，原来的位置是靠近湖岸的，直至明代嘉靖年间，为了开浚城河，把河泥填在湖心，构成了一个小岛屿，于是烟雨楼来了个"乔迁之喜"，移到了小岛上来，而环境更显得美了。从明清两代到现在，不知经过多少

南湖的颂歌 51

次的修葺，今天才成为劳动人民游息的好去处。登楼一望，确如昔人所谓"诚有晨烟暮雨，杳霭空蒙之致"，即使是日丽风和的晴天来游，也觉得烟雨满楼，别饶幽趣。为了位在湖心，整个南湖展开在它的四面楼窗之下，你只要移动两眼，一面又一面的向窗外望去，不但全湖如画，尽收眼底，连你自己也做了画中人哩。

楼的近旁有鉴亭、来许亭、望梅亭、菱香水榭等几座亭榭，好像众星拱月一样，簇拥着烟雨楼。楼的前檐有山阴魏铖手书的"烟雨楼"三字横额，铁画银钩，颇见工力。听说魏是清末时人，能驰马击剑，挽五石弓，却又精书法、能文章，是一位奇士。鉴亭壁间，有嘉兴八景图石刻，出包山秦敏树手，画笔还不差。所谓八景，是"南湖烟雨""东塔朝暾""茶禅夕照""杉闸风帆""汉塘春桑""禾墩秋稼""韭溪明月""瓶山积雪"。这个八景，实在是勉强凑成的，有的不能称之为景，例如瓶山是旧县城里一个低小的土墩，据说韩世忠当年曾在这里犒军，兵士们喝完了酒，把酒瓶抛在一起，堆积成山，因名瓶山。在这八景之中，自以"南湖烟雨"最为突出，清代诗人许瑶光曾有诗云："湖烟湖雨荡湖波，湖上清风送棹歌。歌罢楼台凝暮霭，芰荷深处水禽多。"以好诗咏好景，使人玩味不尽。楼上下有楹联很多，可以称为代表作的，有天台山农所写的一联："如坐天上，有客皆仙，烟雨比南朝，多少楼台归画里；宛在水中，方舟最乐，湖波胜西子，无边风月落尊前。"又陶在东联云："问当年几阅沧桑，鸳鸯一梦；看今日重开图画，烟雨万家。"此外有一长联说到"春桑""秋稼"，这倒和我们广大群众年来特别关心农事的意义，是互相符合的。

近三年来，南湖换上了明靓的新装，烟雨楼面目一新，连烟雨迷蒙，也好像变做了风日晴美，原来这里已有了新的布置，使人引起了新的观感。不但陈列着太平天国时代的文物，还有一个革命历史资料陈列室，展出在党成立以前关于社会基础、思想基础、组织基础三个方面的历史文物，党的第一次、第二次全国代表大会的照片、图表等各种宝贵的文物，在这里可以看到毛主席"星星之火，可以燎原"的亲笔题词，可以看到当年出席"一大"的代表们的照片，看了肃然起敬，自有高山仰止，景行行止之感。不单是这些，还有一件特大的革命文物引人注目使人追想的，是四十年前举行党第一次全国代表大会的那只丝网船的仿制品，长达十四米，宽约三米，船身髹着朱光漆，光亮悦目。只见明窗净几，雕梁画屏，以至舱房床榻，一应俱全。瞧着那十二位代表的席位，更使人想到当年毛主席他们在这里艰苦奋斗，创造了惊天动地的大事业。啊，这一艘丝网船是多么伟大的船，而毛主席又是多么伟大的舵手！

到了南湖，瞧了那一大片一大片的菱塘，就会使你连带地想起南湖菱来。这种菱绿皮白肉，形如馄饨，上口鲜嫩多汁，十分甘美而又妙在圆角无刺，不会扎手。每逢中秋节边，人民公社的女社员们，结队入湖采菱，欢笑歌呼，构成一个绝美的画面。清代名画师费晓楼曾给南湖采菱女写照，并题以诗云："十五吴娃打桨迟，微波渺渺拟通词。郎心其奈湖心似，烟雨迷离无定时。""南湖湖畔多柳荫，南湖湖水清且深。怪底分明照妾貌，模糊偏不照郎心。"这种软绵绵的情词，并无内容，不过是掉弄笔头罢了。

一九六一年八月

双洞江南第一奇

这是第二次了，时隔二十六年，"前度刘郎今又来"，来到了宜兴，觉得这号称江南第一奇的双洞——善卷和张公，还是奇境天开，陆离光怪，而善卷又加上了近年来的新的设备，更使人流连欣赏，乐而忘返了。一九六一年九月上旬，中国作家协会江苏分会组织了一部分作家，到镇江、扬州、无锡，苏州，宜兴等地参观旅行。我跟程小青、范烟桥、蒋吟秋三老友参加了宜兴之游。一行二十人，大半是青年作家，只有我们四人都已年过花甲，因此被称为苏州四老。这一次联袂同行，实在难得，也可说是老兴不浅了。

我们于九月二十五日清早由苏州出发，先到无锡，再搭长途汽车转往宜兴，下榻于瀛园招待所。所有假山池塘，很像是我们苏州的园林。饭后休息了一下，就上街溜达，参观了纪念周处斩蛟的长桥，也算给我们周家老前辈捧捧场。第二天早上秋高气爽，大家喜滋滋地跳上了一辆团体车，一路谈笑风生的上善卷洞去。导游的有年逾古稀精神矍铄的吕梅笙县长、有精明干练热诚周到的文化局何键局长、有当初曾经帮助她父亲储南强先生整修双洞而熟知洞中一泉一石的储烟水同志。"众人拾柴火焰高"，使我们的游兴更浓了。

谁也料想不到在这山清水秀的江南，会有这样一个出神入化百怪千奇的善卷洞。洞在宜兴县城西南的螺岩，距城约二十八公里，有公路直达洞前。据说善卷是虞代时人，舜要将天下让给他，他慨然答道："我逍遥乎天地之间，心意自得，又何必甚么天下呢？"于是避到这里隐居起来，因此称为善卷洞。只因洞壑幽奇，千百年来吸引了不知多少游人。历代诗人、词客、画家，如许浑、苏轼、唐寅、文徵明等，都先后来游，或付之吟咏，或写以丹青，赞美不绝。可是久已失修，日就荒废，直到一九二一年间，储南强先生发愿兴修，亲自督工，投下了大量的人力物力，足足费了十一年的时间，不单修了善卷洞，并且把张公洞也修好了。抗日战争期间，日寇怕这两洞中潜伏游击队，便大肆破坏。胜利后先把善卷小修了几次，还是破破烂烂的，不足以供游览。到了解放以后，才一次次的鸠工庀材，大力兴修。这几年来，不但恢复旧观，并且呈现了一片新气象，成为广大人民的洞天福地。

我虽是旧地重游，却像初临胜地一样，先就三脚两步地赶到洞口。当门一峰突起，旧称"小须弥山"，现已改名"砥柱峰"。峰后就是一片广场，可容千余人集会，称为"狮象大场"。因为两旁石壁突出的部分，一如雄狮，一如巨象，瞧去十分相像，并且好像是在迎客一样。洞顶石钟乳累累四垂，活像是一串串带叶的大葡萄。石壁上都有题字，不及细看，而最为触目的，是梁代陶弘景篆书"欲界仙都"四个大字。是啊，像这么一个"奇不足言几于怪，怪不足言几于诞"的洞府，真不愧为欲界的仙都哩。

我们在这"狮象大场"中啜著小坐了一会，就从一旁的石级上一步步盘旋曲折地走上去，好像是到了大楼上，这就是所谓上洞了。只因四下里迷迷蒙蒙地，似乎密布着云雾，所以名为"云雾大场"。可是仗着电灯照明，云雾并不妨碍我们的视线，一眼便能望见那一块像云一般倒挂着的大横石上，刻着"一片飞云掩洞门"七个隶书的大字。当下我对小青他们说："这七个字倒是现成的诗句，我们四个老头儿何不借它来合作一首辘轳体诗，倒是怪好玩的。"烟桥、吟秋听了，也一诺无辞。于是就以年龄为序，由小青首唱："一片飞云掩洞门，洞中云气净无痕。忽闻雷响来岩底，九叠流泉壑口奔。"烟桥继云："在山泉冷出山温，一片飞云掩洞门。奇秘如何关得住，依然斧凿到乾坤。"我是老三，不得不用仄韵："竭来仙洞纵游眺，洞里乾坤罗众妙。一片飞云掩洞门，应知洞外江山好。"当然，我又联想到毛主席的名句"江山如此多娇"上去了。吟秋来个压轴："仙境娜嬛万古存，探奇揽胜乐无垠。流连直欲此间住，一片飞云掩洞门。"言为心声，他大概要在洞里住下来，不想回去哩。

这上洞的花样儿真多，使人目不暇给。石壁的这一边有两个池，约略作半月形，彼此相去不远，池水活活，清可见底。两池的面积虽不大，却以两个开天辟地的大人物作为名称，一名娲皇池，一名盘古池。在这里临流看水，不但觉得眼目清凉，连五脏六腑也似乎一清如洗了。那一边又有两个挺大的石柱，高高矗立，彼此也相去不远，柱顶上接洞顶，密密麻麻地布满着石颗石粒，瞧去活像是一朵朵梅花，这两个石柱，就形成了两株硕大无朋的梅树，因此称之为"万古双梅"。再看那一边，又有一只特大的石床，别说巨无霸躺上去绰绰有余，就是二十多个大汉也尽可抵足而眠，这个石床，叫做"五云大床"。此外上下左右，怪石纷陈，或像鳌鱼，或像蛟龙，或像奇禽异兽，更使人眼花缭乱，看不胜看了。

游罢了上洞，仍回到中洞休息了一下，就由隧道拾级而下，到下洞中去，一路上只听得水声淘淘，震耳欲聋，直好像风雨雷霆交战天际，千军万马卷地而来。到得"壑口"，就瞧见两道飞瀑，像两匹粗大的白练一般倾泻下来，就这样狼奔豕突地向下面翻滚而去，一叠又一叠，化整为零地变做了九叠流泉。我们一面看飞瀑，看流泉，一面听着那咆哮不停的水声，一面东张西望，贪婪地欣赏那奇形怪状的石壁石柱，石鼓石钟。曾瞧到当头一石，像一只大手模样的伸下来要抓人，据说这叫做"佛手幕"。也曾瞧到一根大树干模样的石柱子，上面蓬蓬松松地长满着枝叶，据说这叫做"通天石松"。也曾瞧到石壁上有一个老头儿模样的形象，似乎跨上了鹤背要飞上天去，据说这叫做"寿星骑鹤"。也曾瞧到石壁上隐隐绰绰地有些人形，仿佛伸着脚要跳下来似的，据说这叫做"仙人挂脚"。此外，还有显出瓜藕菜蔬一类形象的，那简直是好一派丰收景象哩。

从这里回身向后转，那就是长达一百二十余米别饶奇趣的水洞了。清代诗人咏水洞诗云："石晴闻雨滴，窦冷欲生风。只恐弹琴久，潭深起白龙。"轻描淡写，实在不足以形容水洞之奇。我们一行二十人，分成两组。我挨在第一组，先行上了小船，曲曲折折地一路荡去，洞中黝暗，全仗电灯照明，不致暗中摸索。有时岩石碍头，必须低头而过，行经"龙门""鳌门"，一湾又一湾过了"三湾"，这才一眼瞧见前面石壁上"豁然开朗"四大字，通知我们已到洞口，而真的重见了天日，豁然开朗起来。我们舍舟登陆，转身走上十多步石级，到了一个长方形的台上，据说这里叫做"壑厅"，是给游客们小憩的所在。壁间有石刻，都是各地来宾赞美善卷的诗文，满目琳琅，语多中肯。就中有无锡老教育家侯保三先生的一文，略云："……比利时之汉人洞、法兰西之里昂洞，以通舟著称，而不能如此洞之嵌空玲珑，窍穴穿透，纯然石壑，四壁无片土。一舟欸乃，如游娜嬛。……"把比、法两洞都比了下去，足为善卷水洞张目，足为祖国山水张目。

这些年来，在舞台上、在银幕上、在曲艺场中、在收音机里，我们常可碰到祝英台，甚么《十八相送》《楼台会》《英台哭灵》等等，都是群众所喜闻乐见的。可是在善卷洞外，我们又碰到了祝英台。据说这里附近，旧时曾有碧鲜庵与善卷寺同毁于火，相传英台读书处，原有唐刻的石碑，共六字，现存"碧鲜庵"三字，笔致很为古朴。昔人曾有句云："蝴蝶满围飞不见，碧鲜庵有读书坛。"此外还有英台阁、英台琴剑之家等，都是从前遗留下来的。有人认为祝英台是东晋时代的上虞人，怎么宜兴会有她的读书处？是耶非耶，不可究诘。我因此做了一首诗："英台遗迹认依稀，莫管他人说是非。难得情痴痴到死，化为蝴蝶也双飞。"我在这一带溜达了好一会，忽又在碧鲜岩的石壁上发现了不少秋海棠，正在开花，一丛丛粉红色的花朵，鲜妍欲滴。我一向知道秋海棠并不是野生的，怎么岩壁上会有这么多，并且在后洞瀑布那边，就有大片的好几丛，都在开着好花。储烟水同志给我连根拔了一些，准备带回苏州去留种。我如获至宝，很为高兴，就根据古代诗人说秋海棠是思妇眼泪所化的神话，牵扯到祝英台身上去，咏之以诗："碧鲜庵里读书堂，佳话争传祝与梁。遮莫相思红泪落，年年岩壁发秋棠。"姑妄言之，又有何妨？

我们游过了善卷洞，继游张公洞。难为吕县长和何局长跟湖㳇公社先行联系，给我们准备了火把、汽油灯。第二天我们就搭了专车直达湖㳇镇，然后步行四五里到张公洞。洞在盂山之下，只因这座山形如复盂，才以此为名。张公洞一名庚桑洞，据道书中说："天下福地七十有二，此居五十八，庚桑公治之，因称庚桑洞，后来张道陵和张果老都在这里隐修，才又名为张公洞。"洞高数十丈，分为三层，下层好像是一座大厅，名"海王厅"。当初虽经整修，而在抗战时遭到日寇破坏，未曾修复，因此使我这个"前度刘郎"，不免有风景不殊之感。洞中因经常有泉水下滴，遍地沮洳，我们都穿上了雨鞋，跟着汽油灯和火把走，为了四下里一片漆黑，不得不步步小心，像蜗牛般走得很慢。我们由公社同志们提灯为导，青年作家们擎着火把从旁协助，在许多小洞中忽上忽下，穿来穿去。有时岩石碰头，有时前无去路，有时石级滑不留脚，险些跌跤，虽有小小困难，大家一一克服，满不在乎，而趣味也就在此。虽有人说："老先生们还是留下来，不要去吧！"而我却老有童心，不肯示弱，还是勇气百倍地跟着青年们走。先后到了水鼻洞、七巧洞、盘肠洞、棋盘洞、万福来朝、一片灵光等处，储烟水同志原是识途老马，每到一处，就口讲指划，历历如数家珍。

张公洞之妙，妙在洞中有洞，秘中有秘，一入其中，好像进入了迷魂阵，走投无路。比了善卷洞，似乎复杂多了。清代词人陈维崧曾有《满江红》一首咏之云："移此山来，是当日愚公夸父。还疑请五丁力士，凿成紫府。曲磴崎岖犹可入，悬崖逼仄真难度。只洞中蝙蝠共飞攀、羊肠路。　石洼者，形如釜。石突者，形如鼓。更左拿右攫，狰龙狞虎。仙去已无黄鹤到，人来尚忆青鸾舞。渐云迷丹灶日西斜，催归步。"读了这首诗，可以窥见洞中奇奥的一斑。

我们由火把和汽油灯一路照着，在那些洞中洞里上上下下来来去去盘旋了好一会，才到达了一个豁然开朗的所在，这大概就是出口了。这个出口也真特别，不在底下而却在高处，岩石真像被五丁力士劈了一大斧，才开出这么一个大天窗似的罅口来。我们一行人纷纷坐下来休息，回头向洞中一望，我不禁惊喜交并的喊了起来，原来洞顶上密布着盈千累万的石钟乳，蔚为天下奇观，奇形怪状，不是笔墨所能描摹。明代都穆说它们"如笋之植，如凤之骞，如兽之怒而走，饥而噬，盖洞之妙，至此咸萃"。我以为还不止此，那些石乳，有的像帝皇平天冠上的冕旒，有的像仙女五铢衣上的璎珞，有的像珠穆朗玛峰上永不消融的冰筋，有的像昆仑山千年古木上的瘿瘤，有的像宣化、通化果农场中的牛奶大葡萄，有的像……而石色也是有青、有白、有黄、有绛，还有斑斑驳驳辨认不出是甚么色彩的，总之我自愧少了一枝生花妙笔，实在是难画难描，无所施其技了。

　　饱游了这江南第一奇的宜兴双洞，周身轻飘飘地，倒像带着仙气似的回到苏州，心神恍恍惚惚，仿佛真的从仙人洞府中来。过了一天，却又欢欣鼓舞地进入了鱼龙曼衍灯彩辉煌的另一境界，原来是跟大家欢度普天同庆的第十二个国庆节了。

一九六一年九月

浔阳江畔

一九六二年一月十七日　晴

下午三时，在南京江边登江安轮，四时启碇向九江进发，一路看到远处高高低低的山，时断时续。到了五时左右，暮霭已渐渐地四布开来。吃过了晚饭，到甲板上去看落日，但见西方水天相接的所在，有一抹红光特别的鲜妍，在它的上面，有一大片晚霞，作浅红色，可是不见落日，以为早已悄悄地落下去了。谁知到五时半光景，却见那一抹红光，色彩更浓，简直是如火如荼。一会儿浓缩成一个半圆形，接着渐渐扩大，竟变做了整圆形。中间偏右，有一二抹黑影，倒像是沾上了一些儿墨迹似的。这一轮落日，逐渐下沉，而余晖倒影入水，随着波光微微漾动，光景美绝。有时有一二只帆船驶过，就把这倒影立时搅碎了。大约持续了十分钟，这落日余晖才淡化下去，终于形消影灭，而夜幕就罩住在整个江面上了。由于风平浪静之故，船行极稳，倒像是粘着在水上，并不在那里行驶似的。可惜这不是春天，不然，我可要哼起那"春水船如天上坐"的诗句来了。

这次南行，有南京博物院曾昭燏院长，研究员尹焕章同志同行，说古论今，旅次差不寂寞。六时许过马鞍山，早就进了安徽境，听说马鞍山的对面是乌江镇，那边有一条乌江，就是当年楚霸王项羽兵败自刎的所在，喑呜叱咤的一世之雄而今安在哉！

浔阳江畔

一月十八日　晴

　　昨晚七时半就就寝，这是好多年来从没有过的新纪录。大约过了两小时醒回来，听得上一层和左右都有脚步声，服务员在招呼有些旅客们起身，说是芜湖到了。等到汽笛再鸣，轮机重又开动的时候，我又迷迷糊糊地入睡了。直到清早听得广播机报道铜官山快到时，这才离开了黑甜乡。这一夜足足睡了十二小时，也是好多年来从没有过的新纪录。起身盥洗之后，疾忙赶到甲板上去看日出。可是这时已六点钟了，还是没有动静，但见天啊水啊，都被轻纱蒙着，显出鱼肚白的一大片。只有东方一个所在，却有一抹淡淡的红晕，似是姑娘们薄施胭脂一样。一会儿这红晕渐渐地浓起来了，蓦然之间，却有一颗鲜艳的红星，从中间涌现了出来，红得耀眼，一会儿却又不见了，似是被谁摘去了似的。但是隔不多久，就在这所在跳出了一个猩红的大圆球，影儿倒在水面上，连水也被染红了。这红球越放越大，光也越亮越强，而沉睡了一夜的大地，也就完全苏醒了。我贪婪地看着看着，看这一片江上日出的奇景，似乎沉浸在诗境里，耳边仿佛听到一片"东方红，太阳升，中国出了个毛泽东……"的豪放的歌声，我的心顿时鼓舞起来，也情不自禁地歌唱了。

早餐后闲着没事，在休息厅里捡到一本去年十一月份的《解放军文艺》，先读散文，得《塞上行》《草地篇》《柳》《访秋瑾故居》诸作，全写得美而有力。继读小说《强盗的女儿》也是有声有色的好作品。我不知道这几位作家是不是解放军中的战士，如果是的话，那真是能武能文的文武全才，使人甘拜下风了。

中午到达安庆，停泊约半小时，就和曾、尹两同志登岸一瞻市容，江边有几座美奂美轮的大厦，是旅社，是百货公司，是食品商店，都是崭新的建筑物，大概也是大跃进的产物吧？我们随又找到旧时代的街道上去溜达一下，觉得新旧的对比十分强烈，毕竟是新胜于旧，旧不如新。

过了安庆，我只是沉湎于那本《解放军文艺》里，爱不忍释，直到五时左右，才读完了最后的一篇，两眼已酸涩了，于是到甲板上眺望江景，只见左边有二十多座高高低低的山，一座连着一座，而前后左右，层次分明，倒像是画家画出来的一幅青绿山水长卷。过了这些连绵不断的山，却见有一座山孤单单地站在一边，姿态十分秀美，仿佛有一美人，遗世独立的模样，一望而知这是颇颇有名的小孤山了。山顶有庙宇，似很雄伟，山腰有白粉墙的屋宇多幢，掩映于绿树丛中，真像仙山楼阁一样。这时被夕阳渲染着，瞧去分外瑰丽，如果有丹青妙笔给它写照，可又是一幅绝妙好画了。十时三十分到达九江，就结束了这历时三十二小时的江上旅行。夜宿南湖宾馆，睡得又甜又香。

一月十九日　晴

　　南湖宾馆占地极广，建于一九五九年，面对南湖一角，环境很为清幽。早起凭窗远眺，见庐山沐在初阳之下，似乎好梦初回，正在晓妆。九时半由交际处万秘书陪同往访古刹能仁寺。寺初建于公元五〇〇年前后，现有建筑是公元一八六九年即清代同治七年前后所建。梁初原名承天院，唐代增建大雄宝殿和大胜宝塔。当时占地二十余亩，原是一个大丛林，因迭经兵燹，并被美法教会侵占，以致寺址日削。寺内有八景，除了那七层的大胜宝塔外，有双阳桥、海汝泉、雨穿石、冰山、雪洞、石船、铁佛等。双阳桥下的池子，原与甘棠湖相通，水很清澈，每当傍晚夕阳将下时，从池东看水面，可见双日倒影，因名双阳。

出了能仁寺，又往西园路去看古迹浪井，居民都在这里汲水应用。据说这井是汉高祖六年灌婴筑城时所凿，因历年太久，早就湮塞。三国时孙权在这里立了标，命人发掘，恰恰正在原处，于是重又出水了。唐代李白曾有"浪动灌婴井，浔阳江上风"，宋代苏轼曾有"胡为井中泉，浪涌时惊发"等诗句，可以作为旁证。清代宣统年间，才在井旁立碑，题上"浪井"二字，只因长江近在咫尺，听说江上浪大时，井中也会起浪，称为"浪井"，更觉名实相副了。

下午二时十五分，我们搭火车转往南昌，六时半到达，省交际处以汽车来接，过八一大桥，据说全长一千一百米，跨在赣江上，是我国数一数二的长桥。夜宿江西宾馆。此馆才于去年建成，设计极为新颖，高达九层，耸峙于八一大道上，邻近八一广场，气势极为雄伟。内有房间百余，布置精美。三层楼上有一餐厅，作浑圆形，以白色大理石作柱，浅赭色大理石铺地，所有墙壁窗户以及一切设备，色调多很和谐，在此进餐，身心感到舒服，真可以努力加餐。

一月二十日　晴

上午九时半，由文化局戴局长伴同我们访问文管会并参观博物馆，凡飞禽、走兽、水族、蔬果农作物以至历史文物，革命文物，陈列得井井有条，并有不少塑像图画以及描写农民起义等历史彩画，可说应有尽有。尤其是革命文物，丰富多彩，蔚为大观，参观之后，仿佛上了一堂革命历史的大课，不但眼界顿时扩大，心胸也跟着扩大起来。

下午二时半，驱车往郊外参观明末大画家八大山人纪念馆，这里本是清云谱道院，据清代夏敬庄所作记有云："清云谱道院距豫章城一十五里，旧名太乙观，从城南门出，崇冈毗连，络绎奔赴，迤逦前进，豁然平野，芳草绿缛，溪流澄澈，青牛掩映于松下，幽禽唱和于林中，徐而接之，有琳宫贝阙，巍峨矗起于烟霞之表者，即青云谱也。（中略）有明之末，有宁藩宗室遗裔八大山人者，遭世变革，社稷丘墟，义不肯降，始托僧服佯狂玩世，继乃委黄冠以自晦，是为朱良月道人。道人故善黄老学，既易装，益兢兢内敛，复邀旧友四人同修真于院内，而以青云圃名其居，取青云左券之意也。道人居此既久，于道有得，颇著书，复工丹青、书法亦超妙，今二门额题'众妙之门'四字，即遗墨也。"（下略）

读了这一节文字，可以明了八大山人和青云谱的关系。在八大山人时代青云谱本称青云圃，清代嘉庆年间礼部尚书戴钧元重修时，不知怎的改"圃"为"谱"，沿用至今。院内外有香樟、罗汉松等树，都是数百年物，郁郁葱葱，四时常青，尤其是中庭一枝古桂，据说是唐代遗物，枯干虬枝，分外苍老，枯干的中心又挺生出五小干来，合而为一，被树皮密密包裹，而在根部还是可以看出内在的五干的。瞧它蓊郁冲霄，欹斜作势，开花时节，一院皆香。壁间有清代南丰张际春集句联云："闻木犀香否？从赤松子游。"就是为这古桂和那罗汉松而作。

纪念馆尚未布置就绪，当由老道出示八大山人书画十余轴，多系真迹，题款"八大山人"四字，似哭似笑，表示哭笑不得，所画鸟兽，往往白眼看天，而就中有一字轴题款"牛石慧"，隐藏着草书"生不拜君"四字，表示他决不向清帝屈膝的一副硬骨头。我们又看到他中年和老年的两幅画像，中年的那幅，头戴竹笠，面容清癯，上端自题"个山小像"并题句云："甲寅蒲节后二日，遇老友黄安平，为余写此，时年四十有九。"又云："生在曹洞临济有，穿过临济曹洞有，曹洞临济两俱非，赢赢然若丧家之狗。还识得此人么？罗汉道底。个山自题。"老年画像是黄璧的手笔，山人作打坐状，两眼向上，也分明是白眼看天的模样，至于那时的年龄，画上并没写明，就不可考了。后院有八大山人当年的住所，书斋前所挂"黍居"二字，是他的好友黎元屏所书。据说山人于清顺治八年（1661年）到这里来，初建青云圃，他从三十七岁到六十三岁这二十六年间，有大半的时间都隐居在这里，过着"吾侣吾徒，耕田凿井"的田园生活，并从事于艺术创作，书啊画啊，都是戞戞独造而寄托着故国之思的。三百年来，青云圃屡经兴废，饱阅沧桑，但把山人自编青云圃中的木刻图绘和现有建筑对照一下，那么可以看出外形结构，大致是相同的。"黍居"中有五言联"开径望三益，卓荦观群书"一联，是山人手笔。又"黍居"外壁上有石刻山人七言联云："谈吐趣中皆合道，文辞妙处不离禅。"足见他对于道教和佛教都很信仰，而推测其原因，还是为了痛心于国亡家破，有托而逃的。

离开了青云谱，我们怀着十分崇敬的心情，参观了八一纪念馆，它的前身是江西大旅社，一九二七年八月一日南昌起义，就是由朱德、周恩来、刘伯承、贺龙、叶挺诸同志在这里运筹策划，发号施令的。终于以一万多人而歼灭了国民党反动军队三万余人，获得了辉煌的胜利。我们从底层一室又一室瞻仰到三楼，看到了不少的图文实物，又瞻仰了周恩来、叶挺诸同志的卧室和办公室，念兹在兹，心向往之，想起了三十五年前为了救国救民而艰苦奋斗的过程，不由肃然起敬，而联想到今天新中国的发扬光大，成绩斐然，真不是轻易得来的。

在最后一室中，听讲解员同志指着井冈山的模型而讲到毛泽东同志和朱德同志的会师，娓娓道来，十分生动，眼前仿佛看到那种气吞山河的豪迈场面，真有开拓万古心胸之感，恨不得插翅飞到井冈山去，看一看黄洋界，而把毛主席那首《西江月》词放声朗诵一下，让山灵瞧瞧我们是怎样的兴高采烈哩。

晚七时到省采茶剧院去看采茶剧团的《女驸马》，这是从黄梅戏改编过来的。主演女驸马的青年演员陈明秀，声容并茂，获得很大的成功。听说采茶剧是近年来发掘出来的赣南传统剧种，因为唱腔近似采茶歌调，所以名为采茶剧，曾往首都演出，载誉而归。

一月二十一日　晴

上午十时往洪都机械厂幼子连的家里，跟连儿夫妇阔别年余，常在惦念，今天才得一叙天伦之乐。次孙江江，生才十三个月，似乎已很解事，一见了我，就非常亲热，老是对着我笑，抱在手上，真如依人小鸟一样，他不但已在学舌唤爸唤妈，并且已能扶床学步了。中午就餐，难为他们俩给我做了九个菜，鱼肉虾蛋，汤炒冷盆，一应俱全，酒醉饭饱，尽欢而返。这一对小夫妇，是我家下一代十个子女六个婿媳中仅有的两个共产党员，生活在春风化雨似的党的教养之下，安心工作，并且进步得很快。我常常以此自慰自勉，要鼓足老劲，力争上游，因为我是一个光荣人家的光荣爸爸啊！

归途经过一个规模很大的百货商场，进去参观一下，遍历三楼，见百货充轫，顾客云集，一片繁荣景象。随又小游中山路，欣赏了花鸟商店中的几只绿毛娇凤，和几个松、柏、鸟不宿盆景，总算是尝鼎一脔，亦足快意了。

一月二十二日　晴

今天是我预定参观园林绿化的日子，上午九时，园林管理处余处长和技术员李同志来访，出示人民公园、八一公园和浣上烈士陵园的设计图纸，说明这三个园子正在进行建设，要逐步充实提高。我仔细一一地看过了三张图纸，先就心中有数，于是一同出发到现场去参观。

先到人民公园，面积广达五六百亩，还没有普遍绿化，道路也还没有建成。他们有一个开挖池塘堆造假山的计划，但还没有施工。我建议先把绿化工作做好，多种花树果树，并分类成片，一年四季都要有花可赏，而池塘也须分作鱼池和莲塘两种，养鱼可供食用，当然重要，而莲塘既可观赏，也有经济价值，所以不养鱼的池塘，就非大种莲花不可。至于堆造假山，当然不可能采用苏州的太湖石，何妨就地取材，挑选南昌一带纹理较好的山石，用土包石的手法，适当地点缀一下。除此以外，我又建议划出地面百亩，开辟一个药圃，凡是庐山和江西其他地区的药用植物，都可引种过来，分门别类地广为培植，不但可以治病救人，而开花时有色有香，也是大可观赏的。

八一公园位在市中心，占地不到百亩，特点是有一片挺大的池塘。池水澄清可喜，备有划子十余，可以供人嬉水。有桥长达九米，与一小岛相通，可惜桥面桥栏，全用木制，如果改用石造，那就经久耐用，可以一劳永逸了。至于那个小岛，更要作为全园重点之一，好好地布置起来。地点恰好邻近百花洲，正可在岛上多种观赏花木，那么百花齐放，四季皆春。堤岸上有垂柳碧桃，互相掩映，而池边浅水滩上，也可成行成片的种植芦苇、蓼花和芙蓉花，年年九秋时节，就可看到芦花如雪，红蓼和芙蓉争妍斗艳了。岛的中心可建一八角形的亭子，簇拥在百花丛中，可称之为百花亭。此外他们还计划在园中冲要地区，建立一座八一纪念堂，我因又建议将来落成之后，应在四周全种红色的花花草草，而以石榴为主体，那么红五月里"蕊珠如火一时开"，眼看着一片猩红，更显示出这是天地间的正色，而联想到八一起义时树在南昌城中的第一面红旗来了。

沄上烈士陵园辟在郊外沄上地区，是革命烈士们的陵墓所在。现已绿化的约在三千亩左右，可以发展到一万余亩，作为一个大型的果园和森林公园。现已种下桃、梨、枇杷共七千多株，而以桃为大宗，葡萄也有栽植，收获不多。我以为果树品种似乎太少，柑、桔、李、杏、苹果也有引种必要，而名满天下的南丰橘，是江西特产，更非在这里扎根成长大大繁殖不可。此外如富于经济价值的杉、榉、香樟、银杏、乌桕、油桐等树，也要像"韩信将兵，多多益善"，何妨百亩千亩的培植起来。至于烈士陵墓部分，我以为在进口处应建一墓门，以壮观瞻，而墓前墓后，还该建立一个战斗场面的大型塑像和表扬烈士们丰功伟绩的纪念碑，可以供人凭吊，永垂不朽。风景区的建立，千头万绪，一时难以着手，何妨以地点较为近便的狮子脑一带作为尝试。那边有山有水，条件不差，只要布置得富有诗情画意，便可引人入胜。

总的说来，南昌的园林建设，为了人力物力的关系，必须分别缓急，先把八一公园和人民公园充实提高起来。树木独多柏树，还须多多搜罗其他品种，使其丰富多彩，为全市生色。目前省领导上正在掀起一个全省性的植树运动，干部人人动手，波澜壮阔，十年树木，事必有成，将来浔阳江畔，突然成为一个绿天绿地的大绿化区了。

入晚，省文化局长石凌鹤同志来，商谈重建滕王阁事。我早年读了王勃赋中"落霞与孤鹜齐飞，秋水共长天一色"的名句，向往已久，哪知此阁早已夷为平地，只存一个空名罢了。前天我在博物馆中看到一张滕王阁图，崇楼杰阁，宏伟非常，如果照样重建，谈何容易。

我因建议必须仿照苏州市整修旧园林多快好省的办法，先把全省旧建筑摸一摸底，集中旧装修备用。凡是雕工细致的门窗挂落都须尽量搜罗，有了这些基本材料，才可动手兴工。此外绿化环境，也要多多搜罗高大苍老的树木，才可和古色古香的滕王阁配合起来，相得益彰。

一月二十三日　晴

一梦蓬蓬，还在惦念着井冈山，不能自已，只因行色匆匆，将于今天结束在南昌的参观访问，再也不可能前去瞻仰这革命胜地，只得期诸异日了。黎明即起，收拾行装，即于六时三刻告别了曾、尹二同志，搭车到向西站，再搭上海来车转往广州。别矣南昌，行再相见！浔阳江畔的四天，在我生命史上又描上了绚烂的一笔。

一九六二年二月

举目南溟万象新

"羊城我是重来客，举目南溟万象新。三面红旗长照耀，花天花地四时春。"可不是吗？一九五九年六月，我曾到过广州，这一次是来重温旧梦了。住在那硕大无朋而崭新的羊城宾馆里，是一个新的环境，凭着窗举目四顾，觉得整个广州真是"日日新，又日新，新新不已"，而花天花地，四时皆春，又到处呈现出一片欣欣向荣的新气象，几乎忘了我那个瑟缩在寒风里的苏州老家，禁不住也要像刘禅那么欢呼起来"此间乐，不思蜀"了！

这一次我来广州，是特地为了补课来的，要到上次我所没有到过的地方去参观访问。第一个课题是甚么？就是至至诚诚地去拜访往年毛主席所领导的农民运动讲习所。看了毛主席住过的那个屋不成屋的廊庑一角和简单朴素的桌椅竹箱，谁也料不到竟在这里发出了旋乾转坤的原动力，造成了惊天动地的大事业，又连带想起了当时的盘根错节，缔造艰难，才知今天我们六亿五千万人民的幸福，真不是偶然得来的。观光之下，等于上了一堂革命大课，深受教育，更觉得我们非听毛主席的话、跟着党走不可。

第二个课题是：到海南岛去参观访问，这是祖国南方的一个宝岛，有着无穷无尽的宝藏，即使不想去觅宝，也该去赏赏宝啊！可是我是个单干户，此去孤零零地，未免有举目无亲之感。却不料洪福齐天，恰恰遇到了从上海来的七位男女朋友，就凑成了"八仙过海"的一个集团，以团长胡厥文同志权充张果老，率领我们七仙浩浩荡荡地飞往海南岛去。先就到了海口，参观了五公祠、海瑞墓，发一下思古之幽情。又访问了海口罐头厂，尝到了精制的凤梨、荔枝、波萝蜜和椰子酱，不单是甜在口舌上，直甜到心窝里。听了厂长的报告，才知道也是经过了一番惨淡经营，从烂摊子逐渐发展起来的。

从这里转往一百十三公里外的嘉积，会见了琼海县妇联主任冯增敏同志，大家向她致敬。瞧她只是一位无拳无勇的老大娘，哪知她就是电影《红色娘子军》的主角，当年还是一个冲锋陷阵杀敌如麻的连长哩。

凡是来过海南岛的人，谁不啧啧赞美国营华侨农场，于是我们也就兴兴头头地到了兴隆，一万多回国的侨胞，先后在这里安家落户。这一个华侨农场，完全是从无到有白手起家的场合，看到了林林总总不可胜数的橡树、油棕、椰子、咖啡、胡椒、剑麻以及其他香料作物和药用作物，一株株都有经济价值，一株株都是摇钱树。我们这个集团中的朋友们以为我种了好多年的花花草草，定是一个见多识广的专家，往往指着那些奇奇怪怪的花草树木来考考我。谁知我一踏上这个宝岛，竟变做了个无知无识的大傻瓜，除了回报得出少数自有的品种以外，几乎交了白卷，只能勉强地给批上个一二分罢了。

到了榆林港鹿回头，我们住在椰子林中间，别有一天，而又两度到小东海、大东海的海滩上去观海。我最欣赏苏东坡诗中所提起过的那个"天涯海角"，凭着岩石望到远处，顿觉胸襟豁然开朗，真有海阔天空之感。因有诗云："榆林港外看恬波，叶叶风帆栉比过。洗尽俗尘三角斛，海天啸傲一高歌。"这两次我的收获可大了，不但拾到了五色斑斓的无数贝壳，又捡到了不少光怪陆离的石块，手捧、袋装、帕子包裹，还觉得不顶用。团员们笑我贪得无厌，愚不可及，却不知道这正是我充实盆景的好材料，回去还可以举行一个海南宝贝的展览会，高唱《得宝歌》哩。

接着我们又驱车到莺歌海去，刚过立春，虽还没有听到莺歌，却看到了大片大片的盐池和雪一般皑皑一白的几个盐丘。吃了大半世的盐，从没有见过盐池盐丘，今天才开了眼。此外又到八所港去看海舶接运含铁量百分之六十到九十的石碌矿砂，从皮带运输机的长长皮带上一堆堆的传送过去，这又是我破题儿第一遭所看到的。

离了八所，前往那大，此地属儋县，旧为儋州，一名儋耳，那位"日啖荔枝三百颗，不辞长作岭南人"的诗人苏东坡，曾在这里作太守，遗风余韵，犹在人间。听说四十公里外有东坡祠，因限于时间，欲去不得，只得向他老人家道个歉，恕我失礼不来拜谒了。但是忙里偷闲，仍然参观了周总理亲笔题赠"儋州立业、宝岛生根"八个字的亚热带作物科学研究所，在标本园中溜达一下，又增长了好多关于亚热带作物的知识。经过了一夜的酣眠，才又回到海口。这七天里东西南北，几乎绕了一个圈儿，仿佛到了世外桃源，精神和物质，都获得了丰收，简直是消受不尽，于是我又情不自禁地唱了起来："鹏搏千里来琼岛，瑶草琪花尽是春。掉臂游行经七日，此身恍已隔红尘。"

第三个课题是以湛江市为目标，上了飞机仅仅四十五分钟就到了。车过处绿荫交织，如张油碧之幄，一条条都成了绿街。我们参观了雷州青年运河灌区的大土坝，曾有三十五万人在这里胼手胝足地参加过工作，嘘气成云，挥汗如雨，要在人间造成一条天上的银河，这是一个多伟大多豪迈的功业啊！我们在那曲曲折折长达七公里的大坝上行进，经过了三八、五四、民兵、太平、横山等几个坝，一面放眼观赏那清可见底的湛湛绿水，又不时看到一个个盆景一般的小岛屿，好像都在向我提供制作山水盆景的好范本。我更欣赏坝头几条并行的大渠道绿油油的水不断地激荡翻滚而下，倒像是一匹匹的绿罗缎，美丽极了。

从湛江飞回广州，喘息未定，《羊城晚报》的女记者俞敏同志早就等着我，自告奋勇地伴同我当晚去游花市。这本来是我的第四个课题，当然是乐于从命了。我们赶到了越秀区的花市，这里不单是万花如海，也竟是万人如海，灯光映着花光，花光映着人面，都是喜滋滋地反映出欢度春节的热情。我在人堆里挤呀挤的尽着挤，贪婪地要看一看那"慕蔺已久恨未识荆"的吊钟花，经俞敏同志一指点，才得看到，真的是相见恨晚了。据说今年因立春较迟，花也迟开，含蕊的多，开放的少，有白色的，也有粉红色的，花瓣重重，很为别致，中间吊出几个垂丝海棠似的小花蕾，那就是具体而微的钟了。第二天是除夕，就在下午三时伴同我们八仙集团中的"仙侣"和俞振飞同志再逛花市，看花人和买花人纷至沓来，比昨晚上更热闹了。巴金同志伉俪也带着一双儿女同来看花，相视而笑，我希望他回去一挥生花之笔，要给花市捧捧场啊。红喷喷的牡丹、山茶、大丽、碧桃、海棠等等，还夹杂着黄澄澄的金桔和柑桔，似乎都带着笑，在欢迎那些辛勤工作了一年的劳动大众，恨不得都要从竹架上跳下来，跟他们回到家里去好好地慰劳一下。

陈叔通老前辈在离开广州的前夕，曾对我们说："从化温泉区是个人间仙境，最爱无花不是红，你们从海南岛回来后，非去不可。"于是我们才回到广州，过了除夕，就于春节第一天赶往从化去。那个偌大的宾馆园地，分作三个区：松园、竹庄、翠溪，到处是嫣红姹紫的花，到处是老干虬枝绿荫如盖的荔枝树和其他从未见过的南国嘉树。尤其难得的是南来第一次看到的一个小梅林，好多株宫粉红梅正在怒放，让我们饱领了色香。我们住在湖滨大楼，下临大片碧水，简直是净不容唾。环境幽静已极，只听得嘤嘤鸟鸣。住在这里，不像是羽化登仙，进了仙境哩。我并不想坐下来休息，就忙不迭的在那独用的温泉小浴池里洗了一个澡，在水上泊浮了一会，又让莲蓬头中喷下来的温暖碧绿的水，冲去身上积垢，更觉得脚健手轻，精神百倍。在这里欢度春节，住了一夜，才恋恋不舍地回广州去，车中写了两首小诗，以志一时胜事："竹庄才看萧萧竹，更向松围抚稚松。我往湖滨凌碧水，琳宫贝阙一般同。""一脉温泉真绿净，解衣旁薄浴于斯。醍醐灌顶无余垢，快意生平此一时。"

一九六二年三月

附录：南国赏花词

春节前薄游广州，偶值陈叔通前辈于羊城宾馆，为道南来看花，意兴飙举，因赋诗志快，有“最爱无花不是红”之句，盖游踪所至，看花多作胭脂色也。予周游羊城、佛山、湛江、从化以至海南岛诸地，历时半月余，看花多矣，自谓老眼无花，与叔老殊有同感。因摭取其句，率成小诗十绝，以博爱花者一粲。

最爱无花不是红，羊城处处有春风。

当年碧化苌弘血，此日花妆分外浓。

（广州公社烈士陵园，别称红花岗公园，园中多以红花作点缀，殆即为诸烈士碧血所化之象征欤？）

最爱无花不是红，东风催放百花红。

他乡故旧相逢好，六尺昂藏一品红。

（象牙红原为旧识，一名一品红，此间皆作地栽，无不茁壮可喜，竟有繁枝挺秀，高出人家墙外者。）

南溟景色原如画，最爱无花不是红。

犹有碧桃慵未放，紫荆先自笑春风。

（广州越秀公园与从化温泉区，夹道大树离立，干高叶巨，着花如小喇叭，作玫瑰红色，据云原名紫荆花，与苏沪所见花小如粟子而密附树枝上者，迥不相同。斯时碧桃尚未盛开，而此花则烂然怒放矣。）

最爱无花不是红，六街花市喜追从。

牡丹弄巧先春发，滴粉搓脂点染工。

（除夕广州花市上，有牡丹多株，花颇肥硕，或紫或红。此间花农，不用温室催花，而以经常灌水曝日为之，所费心力多矣。）

最爱无花不是红，海棠低亸似娇慵。

桃僵李代浑闲事，芍药权将大丽充。

（广州芍药绝少，花市上有红、紫各色大型花标名芍药者，实皆大丽也。或云广州人以大丽为芍药，由来久矣。）

最爱无花不是红，岭南浑似绮罗丛。

吊钟花放催春到，应有钟声度九重。

（吊钟花为岭南所独有，花作粉红或桃红色，亦有

白色者。一花六七蕊，多至十二蕊，开放后下悬作钟形，
故名。）

　　　　最爱无花不是红，黄花也爱弄新红。
　　　　昨宵花市曾相见，一笑嫣然脸晕红。

　　（花市上所陈菊花，五色缤纷，而以红色者为尤艳，
纵使渊明再生，亦将瞠目不相识矣。）

　　　　十分春色弥琼岛，最爱无花不是红。
　　　　橡树椰林齐结绿，胭脂浓抹绿荫中。

　　（海南岛多橡树椰林，往往见有一品红、爆仗花等
掩映其间，令人有“万绿丛中一点红”之感。）

　　　　最爱无花不是红，偏教没福见梅公。
　　　　哪知荔树蕉荫里，却有寒香发几重。

　　（南来未见梅花，引为遗憾。无意中忽于从化温泉

区得之，凡十余株，皆为宫粉梅，有含蕊者，有怒放者，有已发叶茂密者，真奇观也。）

最爱无花不是红，纷罗眼底尽嫣红。
花名花性多难识，愧未专深愧未红。

（南来看花，多为奇葩异卉，见所未见，花名花性，悉茫无所知，自愧种花多年，而浅见薄识，去红透专深之境远矣。）

放棹七里泷

江回滩绕百千湾，几日离肠九曲环。

一棹画眉声里过，客愁多似富春山。

我读了这一首清代诗人徐阮邻氏的诗，从第一句读到末一句细细地咀嚼着，辨着味儿，便不由得使我由富春山而想起七里泷来。这一次是清游，是在一九二六年的春光好时，距今已有两年了。两年间的光阴，也像七里泷的水一般宛宛流去，不知漂洗了多少事情的回忆。然而那水媚山明的七里泷，却在我心头脑底留下了一个很深很深的印象，再也漂洗不去。七里泷啊，你真是一个移人的尤物！

我们告别了俗尘万丈的上海，跳上沪杭火车，一路兴高采烈地到了杭州，就近在旅馆里宿了一夜。第二天清早七点钟，便赶往南星桥去。我们打听得轮船直放桐庐的共有两艘，每天分早晨午后两班驶行。这时是八点半钟左右，轮船正在码头上，我们分坐了两个舱，端为大家都是熟不拘礼的熟人，一路上言笑宴宴，无拘无束。内中有一对夫妇新婚未久，还不到半年，虽说早已度过了蜜月，多少却还带些儿蜜意，因便成了众矢之的，给我们借这船舱一角，补行闹新房的把戏。

轮船驶过了六和塔，回头不见了塔影，便渐渐地进富春江了。一到这富春江上，说也奇怪，顿觉得山绿了，水也绿了，上下左右，一片绿油油地，我们容与于山水之间，也似乎衬映得衣袂俱绿，面目俱绿了。游侣中有一个摄影迷眼瞧着好景当前，不肯放过，兀自捧着他所心爱的一架摄影机，在船头上跳来跳去，一张又一张的，不知摄了多少。将到富阳时，天公不做美，忽地下起雨来。雨点儿着在水面上，错错落落地，似乎撒下了明珠无数。四下里的山，都罩在雨气中，迷迷蒙蒙地，似是蒙着轻绡雾縠一般。同船有两个外国人，在船头看雨景，和我们攀谈，说这一带风景，绝似日本的西京，真是美绝妙绝，便是西方几个名胜之区，也及不上这里的幽丽呢。我们听了，也附和着他们叹赏不止。

午后五点钟光景，天上云散雨收，只还没有放晴。一阵子汽笛呜呜，船上人报道桐庐到了。我们上了岸，地上泥滑滑，雨水还没有干，脚下很觉难行。幸而旅馆就在岸边，走不上几十步路，早就到了。这旅馆楼阁三层，临江而筑，所处的地位很好，确有帆影接窗潮声到枕之妙。

住的问题解决了，便解决吃的问题，在邻近一家菜馆中饱餐了一顿，才回到旅馆中休息。

我爱看夜景，独个儿凭阑待月，可是倚遍了阑干，不见月来，只见乱云如絮，在桐君山头相推相逐，煞是好看。夜半月上，沿江的一带阑干都沐在月光之中，而富春江的水，更像铺着片片碎银似的，美妙已极。

放棹七里泷   97

我因舟车辛苦了一天，很觉疲倦，悄悄地先自睡了。难为游侣们已商定了明天游七里泷的计划，将船只和饭菜都安排好了。第二天早上八点钟，就预备出发。等候一位向导，兀自不见来。却望见了对面的桐君山，山容如笑，倒像在那里欢迎我们前去一游似的。于是搭了摆渡船，渡到对江的山下去。山虽不高，风景却还不恶。山顶有桐君寺、桐君祠。桐君姓氏、朝代都不详，传说是黄帝时代的人，采药求道，到这东山之上，偎在一株桐树下，有人问其姓，他则指桐示之，世因名其人曰桐君。他识得草木的性味，定三品药物，有《药性》（共四卷）和《采药歌》两种著作，此君可称是中国药剂师中的开山鼻祖了。桐君寺内有小轩一间，见柱上有联语，上联是"君系上古神仙，灵兮如在"；下联是"我爱此间山水，梦也常来"。大家见了下联，都拍手喊好，像富春江上这样的山明水媚，真教人梦也常来了。

　　我们走下桐君山来，那向导已来了，正在对岸向我们招手，我们便疾忙摆渡过去，走上昨夜预定的那只大船。那船倒是一只新船，十分宽敞，足足可容二十人。船中一家老小，都在船尾，真是云水乡中一个美满的家庭。我们一行十多人，占满了一船，红日三竿，便照着我们欢欣鼓舞地出发。春水船如天上坐，已够舒服，何况又在富春江上呢。我和妻坐在船头饱看山水，越上去越见得山青水绿，如入画图，比了西子湖，自别有一番境界。

欸乃声声，似乎唱着快乐之歌，缓缓地在这幽美绝世的七里泷中行进，泷口水浅，船家上岸去背纤。我们全船的人，知道好景临头，不肯轻轻放过，都聚在船头，尽着赏览。我们瞧这一片伟大的美景，如展黄子久山水长卷，一时神怡心旷，兀自默默地看着，再也说不出一句话来。昔人见了绝色的美人，有"心嗫丽质"一句话，我这时也大有心嗫丽质之概了。一路看山看水，飘飘欲仙。三点三十五分钟，便到了那鼎鼎有名的严子陵钓台之下。船儿停住了，大家走上山去。上山见有大碑矗立，标着"严子陵钓鱼台""谢皋羽恸哭西台"诸字。山顶有东西二台，高一百六十丈，东台便是严子陵钓台，有亭翼然。亭下砖石很多，据船家说：倘能将砖石击中亭顶的，便是弄璋的喜兆。我们好奇，拾过了砖块，抛掷了一会。我坐在钓台的平石上，低头一望，毛发为竖。

当下我们说着顽话，说这钓鱼台离水既这般高，不知当初严先生是怎样钓鱼的？也许那鱼竿是特别大特别长的吗？我们纷纷研究的结果，便断定当初水面很高，至少要比现在高百丈以上，所以严先生尽可在这钓台上安然钓鱼了。西台便是谢皋羽恸哭之所，台上也有一亭，亭中有"清风千古"一块大碑。我们小立摩挲了一会，仿佛瞧见谢先生的泪痕，听得谢先生的哭声哩。谢先生名翱，字皋羽，号晞发子，宋代长溪（今福建霞浦）人。后迁居浦城（今福建建安）。元兵南侵时，曾参加文天祥抗战部队，任咨议参军。宋亡不仕。及闻天祥殉国，先生独带了酒，登富春山，设文山神主，酹奠号泣，作《西台恸哭记》。卒后葬钓台南。清代诗人徐东痴吊以诗云："晞发吟成未了身，可怜无地着斯人。生为信国流离客，死住严陵寂寞邻。疑向西台犹恸哭，思当南宋合酸辛。我来凭吊荒山曲，朱鸟魂归若有神。"诗意也是很沉痛的。

山中有严先生祠，少不得要去拜谒一下，见是一幅画像，道貌蔼然，满现着笑容，回想到他当初隐姓埋名，洁身高隐：汉光武是他少时的同学，有意给他做大官，他却坚辞不就，宁可在富春江上种田钓鱼，以终其身。祠中有联云："磐石钓台高，任长鲸跋浪沧溟，料理丝纶，独把一竿观世局；扁舟云路近，携孤鹤放怀山水，安排诗酒，好凭七里听滩声。"祠旁有一座楼，名客星楼，供有谢皋羽、苏东坡等神位，楼中有一联云："大汉千古；先生一人。"分明是指严先生而言，称颂十分得体。

我们在严祠中小坐了半晌，吸了一盏清茶，才踱下山去。我们原议是要直到严州的。因为我曾听得前辈陈冷先生说：从桐庐到兰溪几百里水路，全是引人入胜的好景。倘若不到兰溪，那么至少也得到严州。所以我们此来，就决计以严州为目的地了。不道同行中有人醉心西子湖上裙屐之盛，不愿冷清清地再伴这清寂的山水。因便贿通船家，推说当日不及到严州，势将搁在半路上。又说严州有强盗，往往打劫船客，于是就在钓台下回掉了。

归途到罗市镇一游，无甚可观，不过沿江一带的石滩，还可动目。而在岸上看那七里泷一带的山，罩在蔷薇色的夕阳里，真觉得春山如笑哩。

一九二八年三月

雪窦山之春

千丈之岩，瀑泉飞雪。

九曲之溪，流水涵云。

——《宁波府志·形胜篇》

梦想雪窦山十余年了。在十余年前，曾有一位老同学作雪窦之游，回来极言其妙，推为四明第一。从此以后，那瀑泉飞雪的千丈之岩，流水涵云的九曲之溪，使我魂牵梦役，恨不得插翅飞去，啸傲其间。

年来每当春日，必作春游。天平山啊，鼋头渚啊，西子湖啊，七里泷啊，都去得厌了，便决意一游雪窦。珍侯、大佛诸老友一致赞成，破费了三天的工夫，准备一切，便搭宁兴轮出发。同行者共五人，颇觉热闹。夜中不能入睡，黎明即起，冒风登甲板，看海上旭日初升，真个如火如荼，奇丽万状。七时半到达宁波，一行五人分坐人力车到大佛家一坐，就赶往南门外汽车站。汽车站上的买票洞口，早已挤满了人，好谷易买到了票，就跳上长途汽车，直放溪口。时已九时半，一路车行如飞，经小站七八，十时四十分到溪口镇。镇并不大，镇人多务农为业，也有几家小商店，出售零物。溪头最胜处，有文昌阁岿峙其间，十分壮丽。溪面很广阔，碧水涟漪中，常有竹筏顺流而下。这一带地区，载人载物，多用竹筏，船只反而少见。正午，在一家小面馆中吃肉丝面果腹，探听去雪窦山路程，或说二十里，或说十五里。沿溪大道，全以水泥砌成，其平如砥阑干曲折，数步一灯，顿使这蕞尔小镇好似穿上了一身簇新漂亮的西装。去镇以后，渐入山野，汽车道可直达入山亭，便利游客不少。

我们雇到了一农民作入山向导，行行止止，奔波了三小时，又渴又热又疲乏。三时十五分，总算到了雪窦寺。寺门有长方大匾，红地金字，大书"四明第一山"五字。考《宁波府志》："雪窦禅寺在宁波县西五十里，唐光启年间建，明州刺史黄晟舍田三千三百亩以赡之，旧名瀑布，宋咸平三年，改名雪窦山资圣寺，淳祐二年赐御书'应梦名山'四字，元至元二十五年又毁，所藏御书二部四十一卷俱无存。越二年复建，明洪武初改今额，为天下禅宗十刹之一。崇祯末毁于兵燹，今复兴建。"寺极大，寺僧不多，香火也很寥落。全寺所占地位极好，风景非常幽秀，在昔人的吟咏中，可以概见，兹摘录数首如下：

明·倪复《登雪窦岩》
　　倚天苍翠出峥嵘，中有飞泉泻碧鸣。
　　绝壑风高岩虎啸，千林月上野猿惊。
　　寺当绝顶丹题见，径转回溪素练萦。
　　徒觉尘区异寥廓，欲临寒碧洗烦缨。

明·陈濂《游雪窦寺》

青山面面削芙蓉，咫尺犹疑千万峰。

野草逢春都是药，碧潭和雨半藏龙。

池开锦镜晴波阔，路入珠林暖翠重。

试采新茶寻涧水，一双玄鹤下高松。

唐·方干《游雪窦寺》

飞泉溅禅石，瓶屦每生苔。海上山不浅，天边
人自来。度年惟桧柏，独彼任风雷。猎者闻钟磬，
知师入定回。

登寺寻盘道，人烟远更微。石窗秋见海，山雾
暮侵衣。众木随僧老，高泉尽日飞。谁能厌轩冕，
来此便忘机。

绝顶空王宅，香风满薜萝。地高春色晚，天近
日光多。流水随寒玉，遥峰拥翠波。前山有丹凤，
云外一声过。

在寺中吃了一碗冬菇素面，休息了半晌，早又游兴
勃发起来。向寺僧探问附近名胜，知道那最著名的千丈
岩、妙高台相去不远。于是各带一架摄影机，踱出寺门。

过伏龙桥，已听得流水溅溅，如奏雅乐。走了不多路，便见一溪潆洄出脚下，有一株小树从陂岸斜出，正如舞人折腰，婀娜可爱。在这所在，便见有一道平坦的山径，渐渐斜上，夹径都是野杜鹃花，或黄或红或粉红，似乎都掬着媚笑，欢迎佳客。前行约四五百步，见有水泥的小轩三楹，入轩时就听得水声訇訇，好像春雷乍发，凭栏一望，不觉欢喜叫绝。原来对面就是千丈岩，几百尺长的大瀑布，从岩上倒泻而下，如飞雪，如撒粉，如散银花，如展匹练。明代诗人汪礼约《经雪窦寺观瀑》长诗有句云："目回万里尽，意豁千峰开。足底溪声激，泠泠清吹哀。""石转惊飞流，槎来银汉秋。又疑广陵雪，喷薄钱塘丘。"足见其妙。千丈岩岩石奇古，下临无地，因有飞瀑之故，一名飞雪岩。诸游侣叹赏了一会，决意明天转到岩下去尽情饱看。出小轩，更曳杖而上，直达绝顶，就是所谓妙高台了。

这里的风景形势，确当得上妙高二字，临崖有亭翼然，可以远瞩，可以俯眺。一座座的山岩，一方方的田野，一道道的溪流，一株株的翠柏苍松，都一一收入眼底，顿使人胸襟豁然，乐不可支。明沈明臣有《登妙高台远瞩》诗云："西陟何崔嵬，崇基凤曾构。白云荡空阶，红壁射高溜。万岭盘斗蛟，中区显孤秀。五色纷以披，春阳逗云岫。阴霾开昨寒，曲涧回今昼。田霞耕阪迭，溪霜响林漱。西教肃瞿昙，狞猛驯山兽。藤结秋千龛，鸽鸣秋水龊。乃兹荒秽场，苍莽穴鼯鼬。坐以息纷挐，内典竞渊究。神理当自超，局影多瘢垢。眺望遥峰长，兹心敢终负。"结尾的八句，正和我的感想相同，可惜不能长坐于此，永息纷挐啊！下妙高台时，暮色已徐徐四合，回雪窦寺，夜宿后轩，睡梦中犹闻飞瀑声。

十八日五时半起身，往游白龙洞，其地离寺并不远，一路溪流潺潺，怪石刺刺，虽名为洞，却并不见洞。只见两崖之间，界以小石桥，溪水从桥洞中翻滚而下，从那无数怪石中，悠悠而逝。我们摄过了影，回寺进早餐。八时四十分，便又动身西行，一游西坑。其地又名伏龙洞，但也不见有洞，只见清溪一泓，汩汩有声。沿岸有十多株树，密密地排列成行，都开着一簇簇粉红色的花，甚是繁茂，看去团花簇锦，如入锦绣之谷。据向导说，这种花叫做柴爿花，花名俗不可耐，未免唐突奇葩，我以为是杜鹃花的一种，也许就是别名娑罗花的云锦杜鹃吧？我们折取了几枝花，便回寺午餐。十一时五分重又起程，经御书亭西行，徐徐的走下山坡。十一时半，到了千丈岩，仰视飞瀑，愈形壮丽，水花溅及百步以外，好似毛毛雨一样。瀑下有洼，积水过仰止桥下泻，不知所之，游人到此，真的尘襟尽涤，心中一些儿没有渣滓了。

正午，更向下行，峰回路转，经过峭壁无数。目之所接，全是嵯峨怪石，天高月黑之夜，也许会像神话中所传说的山魃，出没其间吧？一时十五分，过一潭，岩上有一瀑斜下，约一、二丈，俗称隐潭的第二潭。我们跨石涉水，各摄一影。此时天气骤变，山雨欲来，狂风刮起树叶，满山乱舞。我们急急地奔避，而拳头般大的雨点，也跟着打了下来，一会儿春雷隆隆，似在我们当头滚过，因在高山之上，更觉得近在咫尺了。我们既没带雨具，衣履尽湿，就岩石下坐等了一小时，雨势稍杀，便又走了一程，到一座山亭中去躲雨。大家谑浪笑傲，浑忘自身已成"落汤之鸡"。

三时重又启行，到龙神庙前，那有名的隐潭，就在侧面。《宁波府志》云："隐潭在奉化县西北五十里，潭居西岩之下，两岩相抗，壁立数百仞，仰以窥天，仅如数尺。瀑泉如练，循崖而落，水寒石洁，耸人毛骨……"
我们到了潭上，但闻水声如雷如鼓，知道附近定有很大的瀑布，但不见瀑布在哪里。我抱着崖边一株大树，探头下窥，方始瞧见了一部分。据向导说，要是到下面潭前去，就可完全瞧见，但是山路崎岖，不易行走，须得分外小心才是。我自告奋勇，愿作先锋，拉了那向导，回身就走。一路从乱草乱石间颠顿而下，加以大雨之后，泥土湿湿的，益发泞滑难行。我幸而没有跌交，安然的直达潭前。抬头看那瀑布时，虽并不很高，而水势极大，声如雷鸣。流连半晌，便攀缘而上，一行五人，居然都达到了目的地。三时四十分，离龙神庙，四时十分过偃盖亭，又十五分而达雪窦寺。此时云散雾收，阳光又现，小息片刻，游兴未阑，重登妙高台送夕阳，歌啸而归。

十九日七时四十五分，又欣然出发。八时过偃盖亭，向西急行，八时二十五分到东岙。沿路所见，都是红的黄的野杜鹃花，漫山遍野，俯拾即是。八时四十五分，向西北行，九时十五分，到徐凫岩。岩在雪窦西十五里，悬崖峭壁数百仞，瀑布终年不绝。据说岩下有神龙的窟宅，当然是神话之类，姑妄听之。我们到了岩上，但听得水声汤汤，完全瞧不见瀑布所在。据向导说，必须转到岩下，方可瞧见。可是山坡陡削，下无路径，不容易下去。一时我又发起豪兴来，掉头就走，向导也跟着下山，彼此小心翼翼，前呼后应。一路行来，鼻子里时闻兰香馥馥，留意寻觅时，果然在乱草中发现蕙兰数枝，色作古黄，奇香扑鼻，插在衣钮中，细细领略，使人忘却颠顿之苦。走到半山，瀑布已在望中，看去虽比隐潭一瀑为大，而雄放不及千丈岩瀑布。

我们直达岩下，踞石看瀑。潭旁有高树，浓翠欲滴，使此瀑生色不少。瀑水下注潭中，经流之处，全是大块的怪石，如蹲狮，如伏虎，分外雄奇。忆明代诗人沈明臣氏，有《观徐凫岩瀑布》诗云："清晨理遥策，白昼临穷崖。嵚岩怖鬼胆，郁律相喧豗。无风急飘雨，潜壑奔晴雷。目诧银汉泻，心惊摧素崿。凉雪朱明溅，截冰堕寒威。忘疲强临瞰，剧恐神理违。战钦栗股坠，临深诚堂垂。幽贞神明持，庶与同心偕。"读此诗，足见其动人之处。我们又流连观赏了好久，听得岩上游侣已在叫唤，便忙着赶回去。可是下山容易上山难，真说的一些也不错，这次上山的艰苦，竟十倍于下山时。一路细沙碎石，滑不留足，任是攀藤附葛，还时时跌交。好容易达到了岩上，早已汗流浃背，喘息不止。是役也，计遗失已经摄影的软片一卷，黄色镜头一个，又被荆棘刺破哔叽单裤一条，踏穿橡皮套鞋一双，总算是小小损失。但是在诸游侣中，却得了一个英雄的尊号。

十一时三十五分，由原路往三十六湾，此地多苗圃，百花都有，而以水蜜桃为最著，所谓奉化玉露桃者，多出生于此，可惜此来太早，不能一快朵颐。正午，借李氏书塾中就餐。一时半离塾，重过东岙，三时到十八曲的上端。考之志籍，奉化只有剡源九曲溪，而乡人都称为十八曲，我们不知到底是几曲？但见有桥如虹，桥下有清溪怪石，野花古树，并有紫藤花点缀其间，恍如绝妙的大盆景，异常可爱。四时至西坑，又十余分钟而回雪窦寺。今天因为是我们留山的最后一天，更须尽兴，因汲清泉，携茶铛，上妙高台觅松枝，生火烹茗。我们向千丈岩瀑布道了别，就上妙高台去，围坐亭中啜茗，我微吟着明代诗人王应鹏重游雪窦诗"既看翠壁飞苍雪，更转花台憩夕阴"句，真觉得恋恋不忍遽去了。下台时天已入晚，以电筒为助，回到寺中。

二十日七时半离寺启行，四望溪山多情，似有依依惜别之意。伏龙桥上，有牧童放牛，呼一牛踉地相送，相与鼓掌大笑。流连约一小时，即到溪口乘公共汽车回宁波，二时二十分到南门外车站，又往大佛宅中略进茗点，四时登宁兴轮，四时三十分开驶，以次晨五时三十分返沪。此行往返计四日，留山三日，雪窦山之春，领略殆遍。山灵有知，愿常留好景，给我们将来作第二度第三度的欣赏。

一九三〇年三月

绿水青山两相映带的富春江

在若干年以前，我曾和几位老友游过一次富春江，留下了一个很深刻的印象。我们原想溯江而上，一路游到严州为止，不料游侣中有爱西湖的繁华而不爱富春的清幽的，所以一游钓台就勾通了船夫，谎说再过去是盗贼出没之区，很多危险，就忙不迭的拨转船头回杭州去了。后来揭破阴谋，使我非常懊丧。虽常有重续旧游之想，却蹉跎又蹉跎，终未如愿。哪知八一三事变以后，在浙江南浔镇蛰伏了三个月，转往安徽黟县的南屏村，道出杭州，搭了江山船，经过了整整一条富春江，十足享受了绿水青山的幽趣，才弥补了我往年的缺憾。恍如身入黄子久富春长卷，诗情画意，不断的奔凑在心头眼底，真个是飘飘然的，好像要羽化而登仙了。可是当年到此，是结队寻春，而现在却为的避乱，令人不胜今昔之感。

富春江最美的一段要算七里泷，又名七里濑、七里滩，那地点是在钓台以西的七里之间，两岸都是一叠叠的青山，仿佛一座座的翠屏一样。那水又浅又清，可以见水中的游鱼，水底的石子。遇到滩的所在，可以瞧到滚滚的急流，圈圈的漩涡，实在是难得欣赏的奇观。写到这里，觉得我这一枝拙笔不能描摹其万一，且借昔人的好诗好词来印证一下，诗如钱塘梁晋竹《舟行七里泷阻风长歌》云："层青叠翠千万重，一峰一格羞雷同。篷窗坐眺快眼饱，故乡无此青芙蓉。或如兔鹘起落势，或如鸾鹤回翔容。槎枒或似踞猛虎，蜿蜒或若游神龙。忽堂忽奥忽高圹，如壁如堵如长墉。老苍滴成翡翠绿，旧赭流作珊瑚红。巨灵手擘逊巉峭，米颠笔写输玲珑。中间素练若布障，两行碧玉为屏风。无波时露石齿齿，不雨亦有云蒙蒙。一滩一锁束浩荡，一山一转殊茏葱。前行已若苇港断，后径忽觉桃源通。樵歌隐隐深树外，帆影历历斜阳中。东西二台耸山半，乾坤今古流清风。我来祠畔仰高节，碧云岩下停游踪。搜奇履险辟藤葛，攀附无异开蚕丛。千盘百折始到顶，眼界直欲凌苍穹。斯游寂寞少同志，知者惟有羊裘翁。狂飙忽起酿山雨，四围岚气青葱茏。老鱼跳波瘦蛟泣，怒涛震荡冯异宫，舟师深惧下滩险，渡头小泊收帆篷。子陵鱼肥新笋大，舵楼晚饭饤盘充。三更风雨五更月，画眉啼遍峰头峰。"词如番禺陈兰甫《百字令》一阕，系以小序："夏日过七里泷，飞雨忽来，凉沁肌骨，推篷看山，新黛如沐，岚影入水，扁舟如行绿颇黎中，临流洗笔，赋成此阕，傥与樊榭老仙倚笛歌之，当令众山皆响也。词云：江流千里，是山痕寸寸，染成浓碧。两岸画眉声不断，催送蒲帆风急。叠石皴烟，明波蘸树，小李将军笔。飞来山雨，满船凉翠吹入。　便欲舣棹芦花，渔翁借我，一领闲蓑笠。不为鲈香兼酒美，只爱岚光呼吸。野水投竿，高台啸月，何代无狂客？晚来新霁，一星云外犹湿。"读了这一诗一词，就可知道七里泷之美，确是名不虚传的。

航行于富春江中的船，叫做江山船，有二三丈长的，也有四五丈长的，船身用杉木造成，满涂着黄润润的桐油，一艘艘都是光焕如新。船棚用芦叶和竹片编成，非常结实，低低的罩在船上，作半月形，前后装着门板，左右开着窗子，两面架着铺位，小的船有四个，大的船就有六个和八个，以供乘客坐卧之用。船上撑篙把舵，打桨摇橹的，大抵是船主的合家眷属，再加上三四名伙计，遇到了滩或水浅的所在，就由他们跳上岸去背纤，看了他们同心协力的合作精神，真够使人兴奋！

一船兀兀，从钱塘江摇到屯溪，前后足足有十三四天之久，而其中六七天，却在富春江至严江中度过，青山绿水间的无边好景，真个是够我们享受了。我们曾经迎朝旭，挹彩云，看晚霞，送夕阳，数繁星，延素月，沐山雨，栉江风。也曾听滩声，听瀑声，听渔唱声，听樵歌声，听画眉百啭声，听松风谡谡声。耳目的供养，尽善尽美，虽南面王不与易，真不啻神仙中人了。我为了贪看好景，不是靠窗而坐，就是坐在船头，不怕风雨的袭击，只怕有一寸一尺的好山水，轻轻溜走。但是每天天未破晓，船长就下令开行，在这晓色迷蒙中，却未免溜走了一些，这是我所引为莫大憾事的。幸而入夜以后，总得在甚么山村或小镇的岸旁停泊过宿，其他的船只，都来聚在一起。短篷低烛之下，听着水声汩汩，人语喁喁，也自别有一种佳趣。我曾有小词《诉衷情》一阕咏夜泊云："夜来小泊平矼，富春江。左右芳邻都是住轻舠。　波心月，清辉发，映篷窗。静听怒泷吞石水淙淙。"除了这江上明月，使人系恋以外，还有那白天的映日乌桕，也在我心版上刻下了一个深深的影子。因为我们过富春江时，正在十一月中旬深秋时节，两岸山野中的乌桕树，都已红酣如醉，掩映着绿水青山，分外娇艳。我们近看之不足，还得唤船家拢船傍岸，跳上去走这么十里五里，在树下细细观赏，或是采几枝深红的桕叶，雪白的桕子，带回船去做纪念品。关于这富春江上的乌桕，不用我自己咏叹，好在清代名词人郭频迦有《买陂塘》一词，写得加倍的美，郭词系以小序，全文如下："富阳道中，见乌桕新霜，青红相间；山水映发，帆樯泂沿，断岸野屋，皆入图绘，竟日赏玩不足，词以写之：绕清江一重一掩，高低总入明镜。青要小试婵娟手，点得疏林妆靓。红不定。衬初日明霞，斜日余霞映。风帆烟艇。尽闷拓窗棂，斜欹巾帽，相对醉颜冷。　桐江道，两度沿缘能认。者回刚及霜讯。萧闲鸥侣风标鹭，笑我鬓丝飘影。风一阵，怕落叶漫空，埋却寻幽径。归来重省。有万木号风，千山积雪，物候更凄紧。"

　　船从富阳到严州的一段，沿江数百里，真个如在画图中行。那青青的山，可以明你的眼，那绿绿的水，可以洗净你的脏腑，无怪当初严子陵先生要薄高官而不为，死心塌地的隐居在富春山上，以垂钓自娱了。富阳以出产草纸著名，是一个大县。我经过两次，只为船不拢岸，都不曾上去观光，可是遥望鳞次栉比的屋宇，和岸边的无数船只，就可想象到那里的繁荣。

　　桐庐在富阳县西，置于三国吴的时代，真是一个很古老的县治了。在明代和清代，属于严州府，民国以来，改属金华，因为这是往游钓台和通往安徽的必经之路，游人和客商，都得在这里逗留一下，所以沿江一带，就特别繁荣起来。

　　过了桐庐，更向西去，约四五十里之遥，就到了富春山。山上有东西二台，东台是后汉严子陵钓台，西台

118　　　　　　　行云集

是南宋谢皋羽哭文天祥处，都是有名的古迹。可是我们这时急于赶路，不及登山游览，但是想到一位高士，一位忠臣，东西台两两对峙，平分春色，也可使富春山水，增光不少。

自钓台到严州，一路好山好水，真是目不暇接，美不胜收。严州本为府治，置于明代，民国以后，改为建德县。我在严州曾盘桓半天，在江边的茶楼上与吴献书前辈品茗谈天，饱看水光山色。当夜在船上过宿。赋得绝句四首："浮家泛宅如沙鸥，欸乃声繁似越讴。听雨无聊耽午睡，兰桡摇梦下严州。""玲珑楼阁峨峨立，品茗清淡逸兴赊。塔影亭亭如好女，一江春水绿于茶。""粼粼碧水如罗縠，渔父扁舟挂网回。生长烟波生计足，鸬鹚并载卖鱼来。""灯火星星随水动，严州城外客船多。篷窗夜听潇潇雨，江上明朝涨绿波。"

从富春江入新安江而达屯溪，一路上有许多急滩，据船夫说：共有大滩七十二，小滩一百几，他是不是过甚其辞，我们可也无从知道了。在上滩时，船上的气氛，确是非常紧张，把舵的把舵，撑篙的撑篙，背纤的背纤，呐喊的呐喊，完全是力的表现。儿子铮曾有过一篇记上滩的文字，摘录几节如下："汹涌的水流，排山倒海似的冲来，对着船猛烈的撞击，发出了一阵阵咆哮之声。船老大雄赳赳地站在船头，把一根又长又粗的顶端镶嵌铁尖的竹篙，猛力的直刺到江底的无数石块之间，把粗的一头插在自己的肩窝里，同时又把脚踏在船尖的横杠上，横着身子，颈脖上凸出了青筋，满脸涨得绯红。当他把脚尽力挺直时，肚子一突，便发出了一阵'唷——嘿'的挣扎声。船才微微地前进了一些。这样的打了好几篙，船仍没有脱险，他便将桅杆上的藤圈，圈上系有七八根纤绳，用混身的力，拉在桅杆的下端，于是全船的重量，全都吃紧在纤夫们的身上，船老大仍一篙连一篙的打着，接着一声又一声的呐喊。在船梢上，那白发的老者双手把着舵，同时嘴里也在呐喊，和船老大互相呼应。有时急流狂击船梢，船身立刻横在江心，老者竭力挽住了那千斤重的舵，半个身子差不多斜出船外，呐喊的声音，直把急流的吼声掩盖住了。在岸滩上，纤夫们竟进住不动了。他们的身子接近地面，成了个三十度的角，到得他们的前脚站定了好一会之后，后脚才慢慢地移上来，这两只脚一先一后的移动，真的是慢得无可再慢的慢动作了。他们个个人都咬紧了牙关，紧握了拳头，垂倒了脑袋，腿上的肌肉，直似栗子般的坟起。这时的纤绳，如箭在张大的弓弦上，千钧一发似的，再紧张也没有了。终于仗着伟大的人力，克服了有限的水力，船身直向前面泻下去。猛吼的水声，渐渐地低了，最后的胜利，终属于我！"这一篇文字虽幼稚，描写当时情景，却还逼真。富春江上的大滩，以鸬鹚滩与怒江滩为最著名。我过怒江滩时，曾有七绝一首："怒江滩上湍流急，郁郁难平想见之。坐看船头风浪恶，神州鼎沸正斯时。"关于上滩的诗，清代张祥河有《上滩》云："上滩舟行难，一里如十里。自过桐江驿，滩曲出沙觜。束流势不舒，遂成激箭驶。游鳞清可数，累累铺石子。忽焉涉深波，鼋鼍伏中沚。舟背避石行，邪许声满耳。瞿塘滟滪堆，其险更何似？"

画眉是一种黄黑色的鸣禽，白色的较少，它的眉好似画的一般，因此得名。据说产于四川，但是富春江上，也特别多。你的船一路在青山绿水间悠悠驶去，只听得夹岸柔美的鸟鸣声，作千百啭，悦耳动听，这就是画眉。所以昔人歌颂富春江的诗词中，往往有画眉点缀其间。我爱富春江，我也爱富春江的画眉，虽然瞧不见它的影儿，但听那宛转的鸣声，仿佛是含着水在舌尖上滚，又像百结连环似的，连绵不绝，觉得这种天籁，比了人为的音乐，曼妙得多了。我有《富春江凯歌》一绝句，也把画眉写了进去："将军倒挽秋江水，洗尽粘天战血斑。十万雄师齐卸甲，画眉声里凯歌还。"此外还有一件俊物，就是鲥鱼。富春江上父老相传，鲥鱼过了严子陵钓台之下，唇部微微起了红斑，好像点上一星胭脂似的。试想鳞白如银，加上了这嫣红的脂唇，真的成了一尾美人鱼了。我两次过富春江，一在清明时节，一在中秋以后，所以都没有尝到富春鲥的美味，虽然吃过桃花鳜，似乎还不足以快朵颐呢。据张祥河《钓台》诗注中说："鲥之小者，谓之鲥婢，四五月间，仅钓台下有之。"鲥婢二字很新，《尔雅》中不知有没有？并且也不知道张氏所谓小者，是小到如何程度。往时我曾吃过一种很小的小鱼，长不过一寸左右，桐庐人装了瓶子出卖，味儿很鲜，据说也出在钓台之下，名子陵鱼。

一九三八年一月

约略说黄山

我也算是一个爱好游山的人。但是以中国之大，名山之多，而至今不曾登过五岳，也不曾看到西南诸大名山，所以问起我所爱游的名山，真是寒伧得很！算来算去，只有一座黄山，往往痗寐系之，心向往之，只游过一次，可是深深地刻在我心版之上，直到如今。

爱好游山的同志们，可不要以为我说得过火，黄山不但是东南第一名山，也可说是中国第一名山，游过了黄山，别的山简直可以不必游了。过去有位老友，足迹遍南北，并曾到过西南，所游的山是太多了。他是一个擅画山水的人，决不会盲从人家的见解。然而据他说，游来游去，总觉得没有一座山能胜过黄山的。那就足见我并不是阿私所好，而我虽没有见过大世面，却已游过了黄山，也就足以自豪了。

黄山的伟大瑰丽，决不是一枝平凡的笔所可描写得到，画必关荆，文必韩柳，诗必李杜，词必苏辛，才能尽黄山之长，而不致辱没黄山。我之往游，是在一九三六年的一个秋季，同游者四人，一共游了十二天，实在觉得太局促了。要细细的游览，细细的领略时，虽一年也不会厌倦。那时我才到汤口，只算是才进黄山之门，便已目眩神迷，飘飘欲仙，仿佛此身已不在人间世了。夜间我们先在汤池一浴，池水不冷不热，微微闻到奇南香一般的香味，浴过之后，真好似换骨脱胎，俗尘尽涤。在宾馆下榻，听了一夜白龙潭、青龙潭的泉声，非但不厌其烦，反如听钧天仙乐一样。

第二天就由紫石峰下出发，看人字瀑，过回龙桥、硃砂庵、飞来洞，小憩半山寺。再上天门坎，过云巢、小心坡、文殊洞，抚迎客松，而到达文殊院。当夜宿在院中，次晨四时即起，抱衾上高冈，听哀猿叫残月，坐候着朝阳出来，看白云铺海。此处可说是黄山中心，右有莲花峰，左有天都峰，背后有玉屏峰，古人曾有"不到文殊院，不见黄山面"之说，其重要可知。天都是全山最高峰，使人有高山仰止之感。大家见峰势陡直，没有敢上去，我虽跃跃欲试，可是附和无人，也就罢了。离了文殊院，向西南行，小心翼翼地经过阎王壁，度大士崖，过莲花沟，直达莲花峰下。我这时雄心勃发，像猿猴般载载欣奔，居然以第一人先到峰巅，学着孙登长啸起来。这里据说可以望见庐山、九华山和长江水，可是我没有带望远镜，不曾瞧见甚么，只见重重叠叠的乱山而已。

下了莲花峰，向西下百步云梯，穿过鳌鱼洞，横度天海，仿佛是一片平原，再北上光明顶，曲折而达狮子林，这一带也是风景绝胜的所在。一株株的奇松，一堆堆的怪石，恨不得搬到家里去，做盆景用。东北有始信峰，玲珑可爱，真如盆景中物。上有接引松与隐士江丽田弹琴处，我们爱得它甚么似的，曾两度到此盘桓。从峰巅下望，有石笋矼、梦笔生花、散花坞、观音峰诸名胜。狮子峰的右面有清凉台，奇石壁立，下视无地，我们也曾流连了二三度。并且贾着余勇，结队直下散花坞。坞名散花，料想春季一定是野花烂漫，如锦如绣，可惜这时恰在秋季，花是不多见了。

只为好景留客，难解难分，在狮子林留宿了三夜，夜夜听够了松涛泉韵，方始向四山揖别。向东南往云谷寺，在寺中啜云雾茶，拍照，又休息一小时，才再向东南出发。经仙人榜，看九龙瀑布。瀑布分成九条龙那么泻下来，只因久旱不雨，瀑流不大，这天虽有小雨，无济于事，然而看那九条白龙，缓缓地爬下来，也是很可悦目的。过此再走七里，就到苦竹溪，上汽车回杭州去。

我一路上被黄山灵感所动，不觉来了诗兴，虽然不会做诗，居然也胡诌了五十首五言古诗，实在是蚓唱蛙鸣，怎能写尽黄山的好处，现在且将清代诗人梅渊公《黄山记游》一百韵附录在此，给读者们读了，当作卧游吧。

夙昔怀黄山，屡负仙源约。初为风雨淹，云岚尽如幕。
后逢霜霰零，岩巅北风恶。兹当六月中，早魃复为虐。
同游色俱沮，畏炎胜炮烙。岚影掩人怀，幽兴愈飞跃。
权为松谷游，竟日聊可托。戒仆起中宵，东方尚鸣柝。
晨光辨依稀，群峦渐磅礴。芙蓉与望仙，峰石如相索。
其西为翠微，循流分涧洛。双石立关门，交牙为锁钥。
自此断人烟，尘埃何地著？日午抵孤庵，松阴四寂寞。
衲子善迎人，浓茶再三瀹。指点五龙潭，俯仰濯幽魄。
向晚夕阳斜，半射云中壑。三十六高峰，将毋见大略？
老僧谓不然，所见乃包络。何处为天都，骤惊邦与郭。
余乃疾声呼，高怀那能遏。且莫返篮舆，芒鞋更紧缚。
灯前问已经，曲折预商酌。山中鸟声异，如铃复如铎。
是夜不得眠，暑气秋先夺。披星促饱餐，济胜斗强弱。
初从峒底行，莽深杖难拨。所幸无蝮虺，而乃逼猱玃。
仰首瞻云门，夹立如悬橐。攀援十余里，始见石笋角。
城中望笋尖，径寸如锥卓。及傍笋根行，百寻不可度。
回俯经过地，取次在两屦。昨为仰而尊，今为培塿末。
从此识黄山，方知不可学。群目尽皆瞪，群口不能诺。
缭绕千万峰，簇簇散花萼。想象铺两海，前后何寥廓！

起伏为菡萏，与笋互犄角。群笋丛聚处，忽见天花落。
其峰谓始信，峰断因仙喝。天然松树枝，接引宛如枸。
过桥惊海市，一一几于活。方物复肖人，成兽亦成雀。
翻疑不是山，天工太雕琢。西望西海门，一线同箭括。
日落紫烟深，魑魅实栖托。戏以石投之，顷刻走冰雹。
回见月华生，咫尺透衣葛。夜宿狮子林，孤灯吼堂灼。
下界尽炎方，到来抱绵枸。晨陟炼丹台，海气寒漠漠。
波涛无定形，晶光流活泼。惜哉丹灶存，何人更采药？
东登光明顶，其势转空扩。天都与莲华，鼎立差相若。
何物神鳌洞，五丁幻开凿。侧身下青冥，以手代足摸。
百折转云梯，踵与顶相错。左右茫无据，鱼脊几多阔。
盘绕上莲花，目眩魂逾愕。一窍汲天心，升堂学猿攫。
进退分死生，从者泣还谑。以身殉奇观，葬此抑何怍！
贾勇登绝顶，闭目喘交作。蹲身抱危石，旷哉吾眼豁！
其北为九华，其西为白岳。天目岚几层，金陵烟一抹。
长江襟带间，大海等沤沩。周遭数千里，指顾了吴越。
苦无双飞翰，乘风化孤鹤。下此险亦夷，如梦惊方觉。
吾将叹观止，仙境愈奇驳。巍哉文殊台！凌虚称极乐。
大海此中央，万笏拥闾阖。木榻求小憩，云气虚相搏。

香厨何所有，菜根惬大嚼。东下小心坡，前此胆仍怯。
洞壑隐层层，经过不知数。杖拂老人头，始抵天都脚。
天都千仞高，游者步齐却。无径置缏梯，壁立矗如削。
微风吹缥缈，隐隐闻天乐。过此磴愈滑，经年积枯箨。
一峰变一峰，凡骨尽皆脱。屏幢开硃砂，灿烂布丹艧。
老衲栖中峰，形容见古璺。握手如故人，引我宿山阁。
是夜月愈明，抱琴两酬酢。诸天齐答响，拱立俨璎珞。
凌晨浴汤泉，手弄珍珠沫。昔为仙液喷，于今起民瘼。
浴罢归桃源，龙潭辨尺蠖。长昼息精庐，余兴尚搜掠。
山中凡七日，何能尽广博。峰峰现霁色，良遇不为薄。
山灵有至性，闻者徒糟粕。大都随意游，翻令真趣获。
明日出汤口，分源寻掷钵。惜未识洋湖，海筏何年泊！

　　一九三七年冬，我避兵皖南黟县南屏村，去黄山只有九十里，曾想前去小住一月。可是误信了村人的话，说那边已列为军事禁区，不许游览。后来才知道没有这回事，待要去时，却因急于来沪，终于没有去，至今引为憾事！曾有七绝四首云："山中独数黄山秀，除却黄山不是山。晋谒山灵原所愿，却忧豺虎满江关。""朝山前度逾旬日，揖别归来梦与俱。迎客老松应矫健，还能记得故人无？""当年俊侣翩翩集，西海门前送夕曛。他日为予留片石，好临清晓看山云。""濂溪昔爱莲花好，我爱莲花第一峰。为问别来无恙否？愿君长葆旧花容。"又《忆黄山》调寄《归田乐》从山谷体云："巇迭玲珑玉，看嵯峨奇峰三六，起伏层霄矗。敧也或耸也，挂也横也，一一葱茏结寒绿。　丹霞锁巏谷，千仞琼厓幽花簇，弥天云海，疑有众仙浴。石下与松下，随处有乱泉泻下，唤取灵猿伴三宿。"

一九三九年五月

杨梅时节到西山

记得抗日战争胜利后的那一年农历二月中旬，正当梅花怒放的季节，我应了江苏省立图书馆长蒋吟秋兄之约，到沧浪亭可园去观赏浩歌亭畔的几株老梅，和莲池边那株人称江南第一梅的胭脂红梅，香色特殊，孤芳自赏，正如吟秋兄所谓以儿女容颜而具英雄性格的。饱看了名梅之后，又参观了在抗战期间密藏洞庭西山而最近完璧归赵的许多善本书籍。在茶会席上遇见了西山显庆禅寺的住持闻达上人，他就是八年间苦心孤诣保持这些珍籍的大功臣。年四十许，工书善诗，谈吐不俗，曾师事故高僧太虚、大休两大师。他除了显庆禅寺外，兼主苏州龙池庵，虽是僧侣，而并没有一些僧侣的习气，但觉得恂恂儒雅，绝似一位骚人墨客。席散之后，他就和范烟桥兄同到我家，探看梅丘、梅屋下的几株白梅。它们本是洞庭西山的产物，这时就好似见了故人一样。我们畅谈之下，仿佛增加了十年的友情，上人坚邀于枇杷时节去西山一游，可在他的禅寺中下陈蕃之榻，由他作东道主，我们都欢欣地应允了。

荏苒数月的光阴，消逝得很快，我于百无聊赖之中，只以花木水石自遣，几乎把闻达上人的游山旧约付之淡忘了。到了枇杷时节，眼见凤来仪室北窗外的一树枇杷，一颗颗的黄了熟了，天天摘下来饱啖，也并不想到洞庭西山的白沙枇杷。倒是范烟桥兄不忘旧约，一见枇杷杨梅相继上市，就寄了一首诗给闻达上人："曾与山僧约看山，枇杷黄熟杨梅殷。偶然入市蓦然见，飞越心神消夏湾。"上人得诗也不忘旧诺，忙着与烟桥兄接洽，约定于新历六月二十七日往游，烟桥转达于我，并约了程小青兄等七八人同去，我是无可无不可的，立时答允下来。谁知到了二十七日那天早上，天不做美，竟下起雨来，我以为这一次西山之游，恐成画饼了。正待去探问小青他们去不去？而小青已穿了雨衣戴了雨帽赶上门来，说别的游伴或因有事或因怕雨都来回绝，可是他和烟桥是去定了的，并要拉我同去。我倒也并不怕雨，他们既游兴勃发，我当然奉伴，于是毅然决然地带着雨具走了。

我们俩雇了人力车赶到胥门外万年桥下西山班轮船的码头上，闻达上人在船头含笑相迎，而烟桥早已高坐船舱中，悠闲地抽着纸烟。此行只有我们三人，并无他客，平日间彼此原是意气相投，如针拾芥，如今结伴同游，自是最合理想的游伴。闻达上人不在西山相候，而特地从苏州伴同我们前去，真是情至义尽，使人感激得很！轮船九时解缆，两小时到木渎镇停泊。我们在石家饭店吃面果腹之后，回到船中，直向胥口进发。一时余出胥口，就看到了三万六千顷的太湖的面目，浩浩森森，足以荡涤尘襟，令人有仙乎仙乎之叹。唐代大诗人陆鲁望称太湖乃仙家浮玉之北堂，的非溢美之辞。我们先前在岸上望太湖，只是心慕丽质，那及此时借着舟楫投入太湖怀抱这么的亲切，不觉想起唐代诗人皮日休《泛太湖长歌》的佳句来："（上略）三万六千顷，顷顷玻璃色，连空淡无颣，照野平绝隙。好放青翰舟，堪弄白玉笛，疏岑七十二，巉巉露寸戟，悠然啸傲去，天上摇画鹢。西风乍猎猎，惊波霍涵碧，倏忽雪阵吼，须臾玉崖圻，树动为蜃尾，山浮似鳌脊……"太湖之美，已给他老人家一一道尽，我虽想胡诌几句来歌颂它一下，竟不能赞一辞。而烟桥吟哦之下，却已得了两句："山分浓淡天然画，浪有高低自在心。"大家听了，都道一声好。他意在足成一首七律，一时想不妥贴，于是又成了七绝一首："一舟划破水中天，七十二峰断复连。低似蛾眉高似髻，不须纷黛亦婵娟。"比喻入妙，倒也未经人道。今人称东南山水之美，总说是杭州的西湖，其实西湖只有南北二高峰作点缀，那及太湖拥有七十二峰之伟大。我们在船上放眼望去，只见峰峦起伏，似是一叶叶的翡翠屏风，目不暇接，而以西山的缥缈峰和东山的莫厘峰为领袖，东西岿峙，气象万千，衬托着汪洋浩瀚的太湖，送到眼底，高瞻远瞩之余，觉得这一颗心先已陶醉了。于是我也口占了一首诗："七十二峰参差列，翠屏叶叶为我开。湖天放眼先心醉，万顷澄波一酒杯。"太湖太湖，您倘不是一大杯色香俱美的醇酒，我怎么会陶然而醉啊？

船出胥口后又两小时许，就到了镇下，傍岸而泊，踏着轻松的脚步，跨上了埠头，这才到了西山了。跨上埠头时，瞥见一筐筐红红紫紫的杨梅，令人馋涎欲滴，才知枇杷时节已过，这是杨梅的时节了。闻达上人和山农大半熟识，就向他们要了好多颗深紫的杨梅，分给我们尝试。我们边吃边走，直向显庆禅寺进发。穿过了镇下的市集，从山径上曲曲弯弯地走去。夹道十之七八是杨梅树，听得密叶中一片清脆的笑语声，女孩子们采了杨梅下来，放在两个筐子里，用扁担挑回家去。我因咏以诗道："摘来甘果出深丛，三两吴娃笑语同。拂柳分花归缓缓，一肩红紫夕阳中。"这一带的杨梅树实在太多了，有的已把杨梅采光，有的还是深紫浅红的缀在枝头。我们尽拣着深紫的摘来吃，没人过问。小青就成了一道五绝："行行看山色，幽径绝埃尘。一路杨梅摘，无须问主人。"可是这山里的杨梅，原也并不像都市中那么名贵，路旁沟洫之间，常见成堆的委弃在那里，淌着血一般的红汁。我瞧了惋惜不止，心想倘有一家罐头食品厂开在这里，就可把山农们每天卖不完的杨梅收买了蜜饯装罐，行销到国内各地去，化无用为有用，那就不致这样的暴殄天物了。

　　行进约二里许，闻达上人忽说："来来来！我们先来看一看林屋洞。"于是折向右方，踏着野草前去百余步，见有大石盘礴，一洞豁然，石上刻有"天下第九洞天"六个擘窠大字，并有灵威丈人异迹的石刻。洞宽丈许，高约四五尺，我先就伛偻着走了进去。石壁打头，不能直立，地上湿漉漉的，泞滑如膏，向内张望，只见黑黝黝的一片，也不知有多远多深。但据《娄地记》说："潜行二道，北通琅琊东武县，西通长沙巴陵湖，吴大帝使人行三十余里而返。"《郡国志》说："阖闾使灵威丈人入洞，秉烛昼夜行七十余日不穷（一说十七日），乃返，曰：初入洞口甚隘，约数里，遇石室，高可二丈，上垂津液，内有石床枕砚，石几上有素书三卷，上于阖闾不识，使人问孔子，孔子曰：'此禹石函文也。'阖闾复令入，经两旬往返，云不似前也。唯上闻风涛声，又有异虫挠人扑火，石燕蝙蝠大如鸟，前去不得，穴中高处照不见巅，左右多人马迹。"《拾遗记》说："洞中异香芬馥，众石明朗，天清霞耀，花芳柳暗，丹楼琼宇，宫观异常。乃见众女霓裳，冰颜艳质。"众说纷纭，都是些神话之类，不可凭信。我小立了一会，只觉凉风袭来，鼻子里又闻到一股幽腐之气，就退了出来。要不是陵谷变迁，我不信这洞中可昼夜行七十余日，也不信可以深入三十余里。据闻达上人说：十余年前，他曾带了电炬，带爬带走的进去了半里多路，因见地上有很大的异兽似的脚印，才把他吓退了，不敢深入。唐代大诗人皮日休，曾探过此洞，有长诗记其事："斋心已三日，筋骨如烟轻。腰下佩金兽，手中持火铃。幽塘四百里，中有日月精。连亘三十六，各各为玉京。自非心至诚，必被神物烹。顾余慕大道，不能惜微生。遂招放旷侣，同作幽忧行。其门才函丈，初若盘礴硎。洞气黑眹眹，苔发红狰狞。试足值坎窌，低头避峥嵘。攀缘不知倦，怪异焉敢惊。匍匐一百步，稍稍策可横。忽焉白蝙蝠，来扑松炬明。人语散浶洞，石响高玲玎。脚底龙蛇气，头上波浪声。有时若伏匿，逼仄如见绷。俄而造平淡，豁然逢光晶。金堂似铸出，玉座如琢成。前有方丈沼，凝碧融人情。云浆湛不动，璃露涵而馨。漱之恐减算，勺之必延龄。愁为三官责，不敢携一罂。昔云夏后氏，于此藏真经。刻之以紫琳，秘之以丹琼。期之以万祀，守之以百灵。焉得彼丈人，窃之不加刑。石匮一以出，左神俄不扃。禹书既云得，吴国由是倾。薜缝才半尺，中有怪物腥。欲去既嚘喈，将回又伶俜。却遵旧时道，半日出杳冥。屡泥惹石髓，衣湿沾云英。玄箓乏仙骨，青文无绛名。虽然入阴宫，不得朝上清。对彼神仙窟，自厌浊俗形。却怪造物者，遣我骑文星。"细读全诗，也并没有甚么新的发现，与诸记所载，如出一辙，他到底深入了洞没有，也还是可疑的。不过他并不曾说起遇到甚么神仙灵怪，以眩世而惑众，总算是老实的了。据道书所载：洞有三门，同会一穴，一名雨洞，一名丙洞，一名旸谷洞，中有石室银房，金庭玉柱，石钟石鼓，内石门名"隔凡"。我们所进去的，大概就是雨洞，过去不多路，就瞧见了"旸谷"，恰在山腰之上，洞口高约丈许，长满了野草，黝黑阴森，茫无所见，谁也不敢进去。洞外石壁上多摩厓，宋代名人范至能、范至先都有题名，笔致古朴可喜。再过去不远就是"丙洞"，洞门也很高广，可是进口很小，似乎容不得一个人体，当然是无从进去探看。这两洞附近，多玲珑怪石，形形色色，大小不下数百块，志书所谓林屋洞之外，乱石如犀象牛羊，起伏蹲卧者，大约就是指此吧？

辞别了林屋洞，仍还原路，又走了一里多路，蓦听得闻达上人欣然说道："到了到了，这儿就是我的家！"出家人没有家，寺观就是他的家。只见一重重果树和杂树，乱绿交织之间，露出黄墙一角。当下又曲曲折折地走了好几百步路，度过了一顶曲洞上的石桥，好一座宏伟古朴的显庆禅寺已呈现在眼前，我们就从边门中走了进去。此寺旧为禅院，有古钟，梁大同二年置为福愿寺，唐上元九年政为包山寺，高宗赐名显庆，可是大家都称它为包山寺，显庆两字反而晦了。大雄宝殿外有石幢二座，东西各一，上人郑重地指点幢上所刻的字迹，一座上刻的是陀罗尼尊圣经，另一座上刻的是唐代高僧契元所写的偈，字体古拙而遒媚，别具风致。此寺环境幽茜，疑在尘外，但看皮日休那首《雨中游包山精舍》诗，有"散发抵泉流，支颐数云片。坐石忽忘起，扪萝不知倦。异蝶时似锦，幽禽或如钿。篘筝还戛刃，枰梧自摇扇。

俗态既斗薮，野情空眷恋"之句。但看这些描写，不就是好像仙境一般可爱吗？

　　大雄宝殿之后，有堂构三楹，中间挂一横额，大书"大云堂"，是清代咸丰时人谢子卿的手笔，写得倒也不坏，另有一个金字蓝地的匾，是清帝顺治写的"敬佛"二字，却并不高妙。真迹还保藏在藏经楼中，历数百年依然完好，可也不容易了。壁上张挂书画多幅，而以书轴为多，老友蒋吟秋兄以省立图书馆长的身份，亲书一轴，颂扬闻达上人保藏图书馆旧籍的功绩。此外有石湖名书家余觉老人一联："佳味无多，白饭香蔬苦茗；我闻如是，松风鸟语泉声。"切合本地风光，自是佳构。名作家田汉也有一个诗轴，是他的亲笔："不闻天堑能防越，何处桃源可避秦？愿待涛平风定日，扁舟重品碧螺春。"原来他于抗战开始的那年暮春时节曾来此一游，而中日的局势已很紧张，所以有防越之语，至于问桃源何处？那么这一座包山寺实在是最现成的桃源啊。（据闻达上人说：苏州沦陷期间，日寇从未到此。）堂的左右，有两间厢房，右厢是上人的丈室，左厢就是客房，前后用板壁隔成两间，各置床铺一张，这便是我们的宿所。当时决定我和小青宿在里间，烟桥宿在外间，虽有一板之隔，而两床的地位恰好贴接，正可作联床夜话呢。堂前有廊，可供小坐，廊外有院落，种着两大丛的芭蕉，绿油油地布满了一院的清阴，爽心悦目。

我们在堂上坐定以后，就进来了一位三十左右的衲子，送茶送烟，十分殷勤，上人给我们介绍，原来是他的高徒云谷师。烟茶之后，云谷师忽又送上一盘白沙枇杷来，时令已过，蓦见此仅存硕果，我们都大喜过望。原来上人因和我们约定了游山之期，特地写信给云谷师，把最后一株树上的枇杷摘下来留以相饷的。如此情重，怎不使人感动！烟桥饱啖之余，立成一诗："我来已过枇杷时，山里枇杷无一枝。入寺枇杷留以待，谢君应作枇杷诗。"吃过了枇杷，我很想到附近山上去溜达一下，上人却说此来不免有些乏了，不如就在本寺中各处瞧瞧吧。于是引导我们先到藏经楼上，看了许多经籍，但也有不少的诗词杂书。随后又穿过了几所堂屋，到一个很幽僻的所在，见有小小的一间房，很为爽垲。当年省立图书馆的善本旧籍四十箱，就由上人密密地藏在这里，虽被敌伪威胁利诱，始终不屈，终于在胜利后完璧归赵。吴江故金鹤望先生曾撰《完书记》一文记其事，吴中传诵一时。

寺中向来不做佛事，寺僧也只有他们师徒二人，不闻讽经念佛和钟磬之声，所以我们也忘却自己身在佛地，自管谑浪笑傲起来。参观一周之后，仍还到大云堂上。这时夕阳在山，已是用晚餐的时候了。香伙阿三用盘子端上了五色素肴，色香俱美，一尝味儿，也甘美可口，并不如我意想中的清淡。因为烟桥嗜酒，一日不可无此君，上人特备旨酒供奉，用一个旧景泰蓝的酒壶盛着，古雅可喜。我们一壁随意吃喝，一壁放言高论，一些儿没有拘束，极痛快淋漓之致。酒醉饭饱，便移坐廊下，香伙早又送上来一大盘的紫杨梅，是刚从本寺果园里摘下来的，分外觉得鲜甜。我一吃就是几十颗，微吟着宋代杨万里"玉肌半醉生红粟，墨晕微深染紫囊""火齐堆盘珠径寸，醴泉浸齿蔗为浆"之句，以此歌颂包山的杨梅，实在是并不过分的。

我们正在说古谈今，敲诗斗韵，蓦见重云叠叠，盖住了前面的山峰，料知山雨欲来。不多一会，果然下雨了，先还不大，淅淅沥沥地打着芭蕉，和我们的笑语声互相应和。谁知愈下愈大，竟如倾盆一般，小青即景生情，得了一首诗："大云堂上谈今古，蓦地重云罨翠峦。细雨蕉声听未足，故教倾泻作奔澜。"这时的雨，当真像倒泻的奔澜一样，简直要把那许多芭蕉叶打碎了。我很想和他一首，因不得佳句，没有和成。大家渐有倦意，就和上人说了声"明天见"，到左厢中去睡觉。我的头着到枕上，听得雨声依然未止，大约雨师兴会淋漓，怕要来个通宵了，于是口占二十八字："聚首禅堂别有情，清宵剪烛话平生。芭蕉叶上潇潇雨，梦里犹闻碎玉声。"梦里听得到听不到，虽未可知，不妨姑作此想吧。

第二天早上，云收雨歇，日丽风和，正是一个游山玩水的好日子。闻达上人提议今天不山而水，到消夏湾泛舟去。我早年就神往于这吴王避暑之所，连联到那位倾国倾城的西施。可是在苏州耽了好几年，无缘一游，今天可如愿以偿了。出得寺来，听得水声潺潺，如鸣琴筑，原来一夜豪雨，使溪涧中的水都激涨起来。我们找到一座小桥之畔，就看见一片雪白，在乱石中翻滚而下，虽非瀑布，也使耳目得了小小享受。从汇里镇到消夏镇，约有四五里路，中途在一个小茶馆中吃茶小息。向一位卖零食的老婆婆那里买了一卷椭圆形的饼，每卷五个，据说是吴兴出名的腰子饼，猪油夹沙，味儿很腴美。吴兴去此不远，每天有人贩来出卖，销路倒还不坏。沿路静悄悄地，住户似乎不多，有些很大的老屋子，坍毁的坍毁，空闭的空闭，充满了萧条之象。大概小康之家，不耐山城寂寞，八年抗战期间，多有迁避到都市中去的，如今就乐不思返了。将近中午，闻达伴我们到他一个姓蔡的好友家去访问，与主人一见如故，纵谈忘倦，承以面点、家酿相款，肴核精洁，大快朵颐。广轩面南，榜曰晚香书屋，前有一个小小院落，叠湖石作假山，满种方竹无数。我的小园里没有方竹，就向主人要了几枝新生的稚竹，和了泥土包扎起来，预备带回家去，这是我此行第一次的收获，不可不记。

消夏湾在西山之北，据《卢志》说："水口阔三里，深九里，烟萝塞望，水树涵空，杳若仙乡，殆非人境。"可是我们要去泛舟，却并没有现成待雇的船只。难为闻达给我们设法，奔走打听了一下。恰好他的朋友有一位族侄女，中午要送饭去给她的丈夫吃，就让我们搭着她的船同去。她的丈夫今年新立了一个鱼簖，不幸在前几天被大风刮倒了一部分，这几天正在修葺，所以天天要送饭去。据说打鱼的利益很大，要是幸运的话，每天大鱼小鱼源源而来，一年间就可出本获利。不过半夜三更就要出门，风雨无间，也是非常辛苦的。我们浮泛水上，但觉水连天，天连水，一片空明，使人心目俱爽。蔡羽《消夏湾记》有云："山以水袭为奇，水以山袭尤奇也，山袭之以水，又袭之以山，中涵池沼，宽二十里，举天下之所无，奇之又奇，消夏湾是也。湾去郡城且百二十里，春秋时吴王尝从避暑，因名消夏，自吴迄今垂二千年，游而显者不过三五辈，其不为凡俗所有可知矣。"足见消夏湾之为消夏湾，自有价值。俗传当年山上还有吴王的避暑宫，下筑地道，可以把船只拖上山去，可是年久代远，宫和地道早就没有。据说前几年曾有人发现宫的遗址，有砖石的残壁，留存在<u>丛丛荆榛</u>中，这究竟是不是避暑宫的所在，可也不可考了。不过宋、明人的诗中，已有此说，如宋范成大诗云："蓼矶枫渚故离宫，一曲清涟九里风。纵有暑光无着处，青山环水水浮空。"又明高启诗云："凉生白苎水云空，湖上曾闻避暑宫。清簟疏帘人去后，渔舟占尽柳荫风。"以吴王之善享清福，那么既有消夏湾，当然还有避暑宫，这是不足为奇的。

我们的船有时容与中流，有时在荻岸边行进，常见荇藻萍莼和菱叶泛泛水上，有的还开着小小的白花，纯洁可爱。我用手杖撩了几根浮萍起来观赏。这一带本来莲花也是很多的，大约为了时期尚早，只见一朵挺立在绿田莲叶之上，猩红照眼，在乱绿中分外鲜艳。这是吾家之花，不可无诗，因又胡诌了二十八字："消夏湾头一望赊，亭亭玉立有莲花。遥看瓣瓣胭脂色，疑是西施脸上霞。"烟桥兴到，也成了一首五绝："消夏湾头去，廿年宿愿成。一宵梅雨急，到处石泉鸣。先许红莲放，要同青嶂迎。倘迟两月至，可听采菱声。"

船在石佛寺前停泊，让我们在寺中游息一下，约定送饭回来时，再来相接。这石佛寺实在没有甚么可看的，就鼋头山麓开了一个小小的洞，雕成几尊小小的佛像，雕工也平凡得很。此寺何代兴建，已不可考，据《吴县志》说建于梁代，那么与包山寺是一样古老了。临水有阁，可供坐眺，见壁间有亡友刘公鲁题字，如遇故人，烟桥赋诗有"忽从题壁怀公鲁，老去风流一例休"之句，不禁感慨系之！我一面啜茗，一面饱看湖光山色，大有

146　　　　　　　　　行云集

兴味，因微吟着明代诗人王鏊的两首绝句："四山环抱列中虚，一碧琉璃十顷余。不独清凉可消夏，秋来玩月定何如？""画船棹破水晶盘，面面芙蓉正好看。信是人间无暑地，我来消夏又消闲。"我这时的心中也正在这样想，这两首诗倒像是代我捉刀的。

在石佛寺坐息了一小时光景，那船又来了，把我们送到了汇里镇登岸，怀着满腔子的愉快回到了包山寺。难为云谷师早又备好了一大盘的白沙枇杷和一大盘的紫杨梅送到大云堂上，让我们既解了渴，又杀了馋。我随即把带回来的几枝方竹暂时种在芭蕉下，把浮萍养在水缸里，又将石佛寺里掘得的竹叶草和石上的寄生草种在一个泥盆子里，栗六了好一会，才坐下来休息。闲着无事，信手翻看案头的书本，发现了一本洪北江诗文集，翻了几页，蓦地看到一篇《游消夏湾记》，喜出望外，即忙从头读下去，读完之后，击节叹赏，的是一篇散文中的杰作，于是掏出怀中手册，抄录了下来："余以辛酉七月来游东山，月正半圭，花开十里。人定后，自明月湾放舟西行，凉风参差，骇浪曲折，夜四鼓，甫抵西山，泊所谓消夏湾者。橘柚万树，与星斗垂垂，楼台千家，共蛟蜃杂宿。云同石燕，竟尔回翔，天与白鸥，居然咫尺。舟泊水门，岸来素友，言采菱芡，供其早餐，频搜鱼虾，酌此春酒。奇石突户，乞题虫书，怪云窥人，时现鳞影，相与纵步幽远，攀跻藤葛。灵区种药，往往延年，暗牖栽花，时时照夜。晚辞同人，独宿半舫，莲叶千干，游鱼百头，怪响出波，奇香入梦。盖至夜光沉壑，湖浪冲霄，悄乎若悲，默尔延伫，此又后夜渔而燕息，先林鸟而遄征者焉。是为记。"游消夏湾归来，却于无意中给我读到这篇《游消夏湾记》，也可算得是一件奇巧的事了。

　　用过了晚餐，月色正好，我们便又坐在廊下啜著谈天。正谈得出神，月儿被云影掩去，霎时间下起雨来。雨点先徐后急，愈急愈响，着在那两大丛的芭蕉叶上，仿佛奏着一种繁弦急管的交响乐。我侧耳听着，如痴如醉，反而连话匣子也关上了，沉默下来。这样不知听了多少时候，雨声并未间歇，芭蕉叶上仍是一片繁响，蓦听得小青放声说道："时光不早了，你难道不想睡了吗？"我这时恰好想得了两句诗，便凑成一绝句作答道："跌宕茶边复酒边，清言叠叠涌如泉。只因贪听芭蕉雨，误我虚堂半夕眠。"烟桥点着头说："这两晚你做了两首芭蕉诗，都很不错，我们援着昔人王桐花、崔黄叶之例，就称你为周芭蕉吧。"我连说不敢不敢，只是偶然触机而已。于是大家就在这雨打芭蕉声中，各自安睡去了。

天公真是解事，不肯扫我们的兴，仍像前天一样，夜间管自下雨，而一早就放晴了。一路泉声鸟语，把我们送到了镇下。闻达上人知道我除了游山以外，还得剧树拾石，因此特地唤香伙阿三带了筐子刀凿随同前去，难为他想得如此周到啊！一到镇下，就雇了一艘船，向石公山进发。

石公山在包山东南隅，周二里许，三面环着湖水，山多石而少土，上上下下，都是无数的顽石怪石堆叠而成，正像小孩子们所玩的积木一样。我从船上远远地望去，就觉得此山不同于他山，它仿佛是一位端重凝厚的古之君子，风骨崚嶒，不趋时俗。像缥缈、莫厘那么的高峰，到处都有，而像石公山的怕不多见吧？舟行约一小时有半，就到了山下，大家舍舟登山，从山径中曲折前去，但见高高低低怪怪奇奇的乱石，连接不断，使人目不暇给。先过归云洞，洞高约二丈，相传旧时有大石垂在洞口，如云之方归，因以为名。洞形活似一座天然的佛龛，中立观音大士装金造像，高可丈许，宝相庄严。另有青龙石、鹦鹉石，都是象形。石壁上刻有昔贤的题诗题字很多，如徐纲的十二大字："读圣贤书，行仁义事，存忠孝心。"倒像是现代标语的方式。尤西堂的古风一章，秦敏树的《石公八咏》，都是歌颂本山的妙景。最近的有六十年前龙阳易实甫的七律一首："石公山畔此勾留，水国春寒尚似秋。天外有天初泛艇，客中为客怕登楼。烟波浩荡连千里，风物凄清拟十洲。细雨梅花正愁绝，笛声何处起渔讴？"去洞再进，有御墨亭，游人胡乱题字题诗，都不可读，而墨污纵横，倒像人身上生满了疥疮，昔人称为"疥壁"，的是妙喻。

石公禅院背山面湖，处境绝胜，其旁有翠屏轩与浮玉堂，可供小憩。由轩后石级迂回而上，见处处都是方形的大石，似乎用人工堆积而成，宛然是现代最新式的立体建筑，难道天工也知道趋时不成？最高处有来鹤亭，料想山空无人之际，真会有仙鹤飞来呢。其下有断山亭，望湖最好，远山近水，一一都收眼底，足以醒目怡神。

闻达上人的游山提调，做得十分周到，他知道这里没东西吃，早带来了生面条和一切作料，唤香伙阿三做好了给我们吃。果腹之后，就继续出游。先到夕光洞，洞小而浅，石壁有罅似一线天，可是不能上去。据说另有一石好像一座倒挂的塔，夕阳返照时，光芒灿然，可惜此刻时光还早，无从欣赏。洞外一块平面的石壁上，刻有一个周围十余尺的大"寿"字，为明代王鏊所书，不知当时是为了祝某一大人物之寿呢，还是祝湖山之寿，这也不可究诘了。过去不多路，又见石壁上刻有"云梯"二大字，只因这里的石块略具梯形，因有此名，其实并无梯级，除了猿猴，恐怕谁也不能走上去的。再进就是本山第一名胜联云嶂，一块硕大无朋的石壁，刻着"缥缈云联"四个硕大无朋的字，而这里一带错综层叠，连绵衔接的，也全是无量数的硕大无朋的方形顽石，正如明人姚希孟所记："如崇丘者，如禅龛者，如夏屋者，如钓台者，皆突兀水滨，而瞰蛟龙之窟，参差俯仰，连卧离属。"转折而上，便是联云嶂的第一名胜"剑楼"，高四五丈，宽十丈许，中间开出宽窄不一的五条弄来，弄中石壁，都锐刿如攒剑，因名"剑楼"。五弄之中，以

"风弄"为最著，仿佛是神工鬼斧，把一堵奇险的峭壁，从中间劈了开来。顶上却留着一个窟窿，透进天光，因此也俗称"一线天"。闻达上人并不取得我们的同意，先自矫捷地赶上前去，鼓勇而登。我和小青虽过中年，而腰脚仍健，不肯示弱，见弄中并没有显著的石级，只是在两旁突出的石块上攀跻上去，石上又湿又滑，必须步步留神，一失足就得掉将下去，也许要成千古恨了。我们一面用脚踏得着实，一面用手攀着上面的野树和藤葛，好容易跟着上人到达弄口，回头一瞧，不禁长长地吐了一口气，竟不信我们会这样冒险攀登上来的。烟桥脚力较差，没有这股勇气，只得被遗留在下面，抬着头望"弄"兴叹。我们当着弄口，小立半响，领略了一阵不知所从来的飒飒凉风，才知道风弄之所以名为风弄。小青先就口占一绝句道："百尺危崖惊石破，才知幽弄得风多。攀缘直上临无地，笑傲云天一放歌。"我也和了两绝："奇石劈空惊鬼斧，天开一线叹神工。先登风弄骄风伯，更上层崖叩碧穹。""步步艰难步步愁，还须鼓勇莫夷犹。老夫腰脚仍如昨，要到巉岩最上头。"当下我们俩一递一迭的信口狂吟，悠然自得。转过身去，却见闻达上人又在攀登一座危崖，于是也贾着余勇，手脚并用的攀援了上去。在这里高瞻远瞩，一片开旷，又是一个境界。从乱石堆里曲折盘旋而下，和烟桥会合。我们犹有童心，不免把他的畏葸不前调笑一番。烟桥却涎着脸，放声长吟起来道："我本无能，未登风弄。公等纵勇，不上云梯。"他明知云梯徒有其名，可望而不可即，却故意借此来调侃我们，这也足见他的俏皮处了。可是他虽怯于登山，而勇于作诗，三天来一首又一首的，随处成吟，这时他已和就了易龙阳那首刻在归云洞中的七律，得意地念给我们听："暂作西山三日留，晚凉我亦感如秋。云归有待尚虚洞，风至无边欲满楼。上下天光开玉垒，东南灵气尽芳洲。不闻梵呗空钟磬，惟与山僧杂笑讴。"两联属对工稳，字斟句酌，自是一首好诗。

从联云嶂那边转下去，步步接近水滨，见有一大片平坦宽广的石坡，直展开到水里去，可容数百人坐，很像虎丘的千人石。闻达上人说："这是明月坡，三五月明之夜，啸歌于此，又是何等境界！"我留连光景，不忍遽去，很愿意等到月上时候，欣赏一下，因此得句："此心愿似明明月，明月坡前待月明。"因了明月坡，便又想起了明月湾，据说是当年吴王玩月之所，有大明月湾、小明月湾之分，湖堤环抱，形如新月，因以为名。明代诗人高启曾有诗云："木叶秋乍脱，霜鸿夜犹飞。扁舟弄明月，远度青山矶。明月处处有，此处月偏好。天阔星汉低，波寒菱荷老。舟去月始出，舟回月将沉。莫照种种发，但照耿耿心。把酒酬水仙，容我宿湖里。醉后失清辉，西岩晓猿起。"我因向往已久，便向上人探问明月湾所在，能不能前去一游？上人回说湾在此山之西，还有好一些水路，时间上恐来不及，还是以不去为妙。我听了，不觉怅然若失，于是身在明月坡上，而神驰明月湾中了。

在明月坡前滨水之处，有两块挺大的奇石差肩而立，闻达上人指点着那伛偻似老人的一块，说道："这就是石公，不是很像一位老公公吗？"又指着那块比较瘦而秀的说道："这就是他的德配石婆，顶上恰长着一株野树，不是很像老太太头上簪着一枝花吗？"我瞧着这石公石婆一对贤伉俪，不胜艳羡之至！因为人间夫妇，共同生活了若干年，到头来不是生离，就是死别，哪有像他们两口儿天长地久厮守下去的？因又胡诌了一绝句道：

"双石差肩临水立，石公耄矣石婆妍。羡他伉俪多情甚，息息相依亿万年。"当下向石公石婆朗诵了一下，料想贤伉俪有知，也该作会心的微笑吧。这一带水边，很多五光十色的小石块，有黑色的，有绿色的，有纯白色的，有赭黄色的，有黑地白纹的，有灰色地而缀着小红点的，大概都被湖中波浪冲激而来。那时我如入宝山，看到了无数的宝石，一时眼花缭乱，也来不及掇拾，只捡取了一二十块。又在大石上掘了好多寄生的瓦花和水苔，一起交与香伙阿三纳入带来的那只筐子里代为保管，这是我此行很大的收获，也是石公石婆赐与我的绝妙纪念品。

昔人曾称石公山为"石之家"，奇峰怪石，有如汗牛充栋，所谓"绉""瘦""透""漏"石之四德，这里的石一一俱备。宋代佞臣朱勔的花石纲，弄得民怨沸腾，据说也就是取自石公山和附近的谢姑山的。千百年来，人家园林中布置假山，大都到这里来采石，所以绉瘦透漏的奇峰，已越采越少了。至于那些硕大无朋的顽石，当然无从捆载以去，至今仍为此山眉目。清代诗人汪琬《游石公山》一诗中，写得很详细，兹录其一部分："……所遇石渐奇，一一烦记录：或如城堞连，或如屏障曲。或平若几案，或方若棋局。虚或生天风，润或聚云族。或为猿猱蹲，或作羊虎伏。或如儿孙拱，或如宾主肃。或深若永巷，或邃若重屋。色或杂青苍，纹或蹙罗縠。累累高复下，离离断还属。旷或可振衣，仄或危容足。既疑雷斧劈，又似鬼工筑。不然湖中龙，蜕骨堆深谷。天公弄狡狯，专用悦人目。……"这写石之大而奇，历历如数家珍，而末后几句，更写得加倍有力，石公有知，也该引为知己。

我盘桓在这明月坡一带，游目骋怀，恋恋不忍去，要不是大家催着我走，真想耽下去，耽到晚上，和石公石婆俩一同投入明月的怀抱，作一个游仙之梦。记得明代王思任《游洞庭山记》中有云："……诸山之卷太湖也以舌，而石公独拒之以齿，胆怒骨张，而石姥助之。予仰卧于甘丈珊瑚濑上，太清一碧，叙睨万里湖波，与公姥戏弄，撩而不斗。乃涓涓流月，极力照人，若将翔而下者。李生辈各雄饮大叫，川谷哄然，竟不知谁叫谁答？吾昔山游仙于琼台，今水游仙于石公矣。……"写月夜游赏之乐，何等隽永够味！我既到了这廿丈珊瑚濑上，却不能水游仙于石公，未免输老王郎一着，恨也何如！

我们重到翠屏轩中，喝了一盏茶，才回上船去。可是大家都有些恋恋不舍之意，因命船家沿着山下缓缓摇去，让我们把全山形势仔细观察一下，有在山上瞧不见的，在船上却瞧清楚了。有一个像龙头一般伸在水里的，据说是龙头渚。而石公石婆比肩立着，也似乎分外亲昵。我们的船摇呀摇的，直摇到了尽头处，方始折回来。我又掏出手册，把风弄、联云嶂、明月坡一带画了一个草图，打算把昨天在大云堂前花坛里所捡到的许多略带方形的小石块，带回去搭一座石公山模型玩玩，那也算不虚此行了。一路回去时，烟桥被好山好水引起了灵感，提议联句来一首七律，由他开始道："七十二峰数石公（桥），烟波万顷接长空。风帆点点心俱远（青），山骨峻峻意自雄。萍藻随缘依荻岸（鹃），松杉肆力出芜丛。崩云乱石惊天阙（达），未许五丁夺化工（桥）。"单以这么一首七律来咏叹石公山，实在还不够，且把清初吴梅村的一首五古来张目："真宰劚云根，奇物思所置。养之以天地，盆盎插灵异。初为仙家囷，百仞千仓闭。釜鬲炊雪中，杵臼鸣天际。忽而遇严城，猿猱不能缒。远窥楼橹坚，逼视戈矛利。一关当其中，飞鸟为之避。仰睇微有光，投足疑无地。循级登层巅，天风豁苍翠。疲喘千犀牛，落落谁能制？伛偻一老人，独立拊其背。既若拱而立，又疑隐而睡。此乃为石公？三问不吾对！"一结聪明得很。

回到了包山寺，啜著小息，我因为今天得了许多好石，却没有掘到野树，认为遗憾。闻达上人就伴我到他的山地上去，由他亲自带了筐子和刀凿，我策杖相随，还是兴高百倍。一路从山径上走去，一路留心着地下，上人知道我的目标所在，随时指点，做了一小时的"地下工作"。大的树桩因时令关系，掘回去也养不活，所以一概留以有待，只掘了许多小型的六月雪、山栀子、山竹、杉苗，连根带泥，装在筐子里，满载而归。当下我把那些野树一一种在地上或盆里，忙了好一会，还是不想休息，烟桥便又调侃我，做了一首诗："劚根剔石不寻常，也爱山栀有野香。鸟语泉声都冷淡，此来端为访花忙。"小青接口道："岂止冷淡，简直是一切不管！"我立时提出了抗议，说鸟语泉声，都是我一向所爱听的，岂肯冷淡，岂有不管，不过好的卉木，凡是可以供我作盆玩用的，也不肯轻轻放过罢了，于是也以二十八字为答:"奇葩异卉随心撷,如入宝山得宝时。寄语群公休目笑,鲰生原是一花痴。"他们见我已自承花痴,也就一笑而罢。这夜是我们在大云堂上最后的一夜,吃过了一顿丰盛的晚餐,又照例在廊下聊天。大家畅谈人生哲学,飞辞骋辩,多所阐发,好在调笑谑浪既不禁,谁驳倒了谁也并不生气。这大云堂上的三夜,至今觉得如哜谏果,回味无穷。

第四天早上,我们倍觉依依的和包山寺作别了。闻达上人直送我们到镇下,云谷师已先在那里相候,并承以寺产杨梅三大筐分赠我们,隆情可感!我们各自买了一些土产,就登轮待发,上人送到船上,珍重别去。十时左右,船就开了,一路风平浪静,气候也并不太热,缥缈峰兀立云表,似在向我们点头送别,可是石公山已隐没在烟波深处了。船到胥口,停泊了一下,我因来时贪看大者远者的太湖,没有留意这一带风物,此刻便在船窗中细看了一下,唐代皮日休氏曾有《胥口即事六言二首》,倒是所见略同,诗云:"波光杳杳不极,霁景淡淡初斜。黑蛱蝶粘莲蕊,红蜻蜓袅菱花。鸳鸯一处两处,舴艋三家五家。会把酒船偎荻,共君作个生涯。""拂钓清风细丽，飘襄暑雨霏微。湖云欲散未散，屿鸟将飞不飞。换酒帩头把看，载莲艇子撑归。斯人到死还乐，谁道刚须用机！"把这两首好诗录在这里，就算对证古本吧。

午后二时许，我们已回到了苏州，而这四天中所登临的明山媚水，仍还挂在眼底，印在心头，真的是推它不开，排之不去。在山中时，烟桥、小青二兄曾约我和闻达上人合作了一篇集体游记。我自己又把带回来的许多小石堆了一座石公山的模型，和一盆消夏湾的缩景，朝夕自娱，并吸引了许多朋友都来欣赏。山竹、山栀、六月雪等分栽多盆，也欣欣向荣，于是更加深了我对于洞庭西山的好感。

一九四七年五月

避暑莫干山

　　已记不得是哪一年了，反正是一个火辣辣的大暑天，我正在上海作客，烈日当空，如把洪炉炙人，和几个老朋友相对挥汗，简直热得透不过气来。大家一商量，就定下了避暑大计，当日收拾行装，急匆匆地上火车，直奔杭州转往莫干山去。水陆并进地到了山下，早已汗流浃背。不过老天爷真会凑趣，竟淅淅沥沥地下起雨来，倒像是给我们这班远客殷勤洗尘呢。

冒雨登莫干山，夹路都是修竹，新翠欲滴，不时听得水声淙淙，似远似近，疑是从天上来的。登山有新旧两条路，而以旧路为较近，山径曲折高下，两旁多野花，着雨更见鲜丽，因此想到明代诗人王伯谷寄马湘兰小简中所谓："见道旁雨中花，仿佛湘娥面上啼痕耳。"这样的比喻，真是想入非非。

我们所住的地方，是在半山以上的一个客馆，小楼一角，朝朝可以看山。当窗有老松，有大棕树，浓密的枝叶披散着，好像结成了一大张油碧之幄的天幕，使人心目都爽。自顾此身，已在在二千尺以上，似乎接近了七重天，不禁有飘飘欲仙之感。

莫干山座落武康县的西北，相去约二十余里。相传吴王阖闾，曾命干将、莫邪夫妇俩到山中来铸剑，铸成之后，就将夫妇的名字作为剑名，而山也因此得了个莫干的名称。在我们住处不远，有一个剑池，据说就是当年磨剑的所在。乌程周梦坡特地在石壁上刻了"剑池"二大字，并在另一块大石上标明"周吴干将莫邪夫妇磨剑处"，这石很为平滑，倒是一块天造地设的磨剑石。上面有瀑布，翻滚下泻，好像一匹倒挂数十丈的白练。为了正在雨后，瀑流更大更急，蔚为奇观。水声震耳，如鸣雷，如击鼓，又如万马奔腾。在这里小立半晌，胸襟顿觉开朗，虽有俗尘万斛，也给洗净了。

从剑池边向上走去，约几百步，有一座应虚亭，飞瀑流泉的声响，嘈嘈杂杂地传达到亭子里来，日夜不绝。亭柱上都有联语，如"才出山声震林木，便赴壑流为江湖""清可濯缨浊濯足，晴看飞雪雨飞虹"，都是和流泉飞瀑有关的。又集诗品和褉帖各一联云："洽然希音，上有飞瀑。虚伫神素，如将白云；既然有水，不可无竹。时或登山，亦当有亭。"一典雅而一通俗，确是集句的能手。

山上空气特别好。一清如洗，几案面上，找不到一点尘埃。气候凉爽，比山下低十度左右，早晚可穿夹衣。白天出去游山，在阳光下往来走动，有时虽也出些微汗，可是一坐下来，立即遍体生凉。此外还有种种因素，可使人增进健康，延年益寿。听朋友们说，凡是身体较弱，来山休养的，往往增加体重，几乎百试不爽。

塔山是莫干山的主峰，在武康西北三十五里，比了邻近的许多山，确是算它最高。据《武康县志》说：

"晋天福二年，在山上造了一座塔，后来塔垮了，而山却仍名塔山。"山径作螺旋形，盘曲地达到山顶，有亭翼然，标着"高瞻远瞩"四个字。这里高出海平线二千二百五十尺，既可高瞻，也可远瞩，四周群山叠翠，倒像是儿孙绕膝一样。据文献记载："塔山北枕太湖，俨一椭圆之镜，湖中山岛，有如青螺游行水面，历历可数。东以吴兴之运河为带，西以余杭之天目为屏，钱塘江绕其东南而入海，水天一色，又若云汉之张锦焉。"塔山之美，也就尽在于此了。

塔山的山腰上，有一条圆路，很为平坦，前行几百步，见路旁有怪石十多块，一块叠着一块，危若累卵，似乎就要掉下来似的。据说在这里看夕阳下去，光景美绝，一试之下，果然觉得夕阳无限好，我因此给它起了个雅号，叫做"夕照坡"。从夕照坡上远远望去，见一座山上，阡陌纵横，全是农作物，十分富饶。问之山中父老，说这是天泉山，因为山麓有泉，细水长流，从不干涸，仗着它灌溉田亩，年年丰收，以为这泉出于天赐，因此称这山为天泉山。据前人所作《天泉山记》说："北上为双涧口，东西两流汇焉，如雷如霆，震动大壑。崖下松树绵蒙，三伏九夏，凛然寒沍也。历双涧口而上，东峰壁立数万仞，丹枫倒出，飞猱上下，风急天高，猿啼虎啸，众山皆响。又进之，则溪上高张琅玕，万顷缥碧。"读了这一节文字，可见天泉的风景也很不错，并且也是一个避暑的好去处。

山上的商业区，在荫山一带，商店栉比，全是为游客服务的，凡是一切日用必需之品，几乎应有尽有。书店、银行、邮电局也一应俱全，给游客大开方便之门。东南有金家山，并不很高，而附近诸山和山麓的农田，都可于俯仰之间，一览无余。相去不多路，有一地区叫做芦花荡，可是徒有其名，连一枝芦花也没有。听说此地俗称"锣鼓堂"，不知是甚么意思，难道在这里可以听到敲锣打鼓吗？芦花荡有泉水十分清冽，游客都像渴马奔槽似的，伸出双手去掬水来喝。据说此泉曾经医生检验，绝对没有微生物寄生其中，因为源头有沙砾，已经过一度沙滤了。

我们虽说是来避暑、来休息的，然而老是厮守在客馆里，未免纳闷，决计游遍附近名胜，以广眼界而畅胸襟。第一个目的地是碧坞，趁着一个晴日，清早出发，请了一位向导，随带干粮茶水，准备作一日之游。离了客馆，道出塔山脚下，过郎山口，上莫干岭，山径崎岖，大家鼓勇前进。夹径全是密密层层的竹子，绿云万叠，几乎把天空也遮住了。在岭上颠顿了一小时，才下达平地。休息了一会，重又上路，过杨坞坑而到棣溪。一路野花媚人，远山如笑，山涧渐渐作响，似奏细乐，我们边看边听，乐而忘倦。农家利用涧水，设水碓春米，机栝很为简单，而十分得用，足见农民兄弟的智慧。近午，上龙池山，沿溪危岩迎面，乱枝打头，一会儿上升，一会儿下降，一会儿拐弯，一会儿直前，一行人都像变做了走盘珠。可是一步步进行，一步步渐入佳境，不一会听得水声玲琮，好像钟磬齐鸣，原来碧坞已近在眼前了。一抬头，就惊喜地望见前面悬崖上有一道飞瀑倾泻下来，白如翻雪。下有小池，清澈得发亮，活像是一面菱花宝镜。瀑水流过一堆堆的乱石，渟潴了一下，再从石壁上下泻，泻入一潭，据向导说，这就是有名的龙潭。我带头踏乱石，跨急流，蹲在一块大磐石上，低头瞧着那清可见底的龙潭，觉得双眼都清，连心腑也清了。当下朋友们见我独据磐石，心不甘服，也一个个挤了上来。为了时间已是午后一时，大家饥肠雷鸣，就团坐石上，吃干粮，一面掬起龙潭水来解渴，吃得分外有味。我们在碧坞一带盘桓很久，过足了山水的瘾，才尽兴而返。

"莫干山山水之美，以福水为第一，要是到了莫干山而不游福水，那就好像进了宝山而空着手回来。"这是客馆中一位老游客热心地指示我们的。我们言听计从，休息了一天，就请向导伴我们游福水去。大家以为福水就是个吉祥名字，大足动听，而游福水的人也个个都是福人哩。

这天早上虽有微雨，而我们游兴不减，全都带着雨具出发。过花坑岭、牛头堡、大树下、孙家岭、上关、后洪、溪北各地，只为游目骋怀，兴高百倍，也就不问路的远近，走到哪里是哪里。我们走走停停，估计已走了几十里路，而一条又长又清的大溪，它伸延了几十里，从没有间断过。每隔一百多步，总得有大石块错错落落地散置水中，多种多样，使人目不暇给。不知从哪里来的长流水，尽着乱石堆里争先恐后地翻滚下来，发出繁杂的声响，有时像弦管，有时像钟鼓，有时像雷轰，凑合在一起，就好像组成了一种大自然的交响乐，正在举行一个盛大的音乐会。走了一程，已到莫家坑，见有一条几丈长的板桥，架在溪上，溪水过桥下，流得更急，音响也更大。而无数大大小小的怪石，有的像鹤立，有的像虎踞，有的像豹蹲，有的像怒狮扑人，不单是散布在水中，连水边也纵横都是。我们眼瞧着好景当前，皆大欢喜，带着摄影机的朋友们，怎肯放过这样的好景，就贪婪地收进了镜头。

从莫家坑沿溪前去，不住地欣赏着水色山光，如在画图中行。不知不觉地又走了五里路，才到福水镇，我们探问小龙潭在哪里，回说过去一二里就到了。我们赶了大半天路，两腿有些发酸，却仍然余勇可贾，齐向小龙潭进发。沿路水声咽石，似在对我们致辞欢迎。不一会就瞧见前面有一道短短的瀑布，好像白虹倒挂，被阳光照耀得灿烂夺目。瀑水击在石上，发声清越，似乎有人在那里弹着琵琶，奏"十面埋伏"之曲，多么动听！不用说，这里就是所谓小龙潭了。

福水之游已经够乐了，而我们贪得无厌，一听得南谷也有好风景，就又赶往南谷去了。道出山居坞，只见到处是修竹接天，乱绿交织，到处是怪石碍路，溪涧争流。一路上所听到的，是风声水声蝉声竹叶声，鸟语声，声声不断。至于山居坞的妙处，读了清代诗人沈焜的诗句，可见一斑："石磴何盘盘，左披右拂青琅玕。螺旋屈曲三百尺，俯视目骇心胆寒。百步人歇岭一转，人家三五垣不完。凉风飔飔袭襟袂，湿云暧暧连峰峦。修篁行尽古杉绿，危桥曲硐喷流湍。草根踬石石欲动，飞泉溅足行路难。"诗中写出一些险，一些难，其实妙处也就在这里。离山居坞，到石颐山，据《武康县志》说："山腹两崖，大石错互，函若唇齿，其中廓然以容，黄土山桑，烟火数家，若颐之含物。"石颐之名就是这样得来的。石颐寺早已荒落，并无可观，寺后有虎跑泉，也没有去看。寺门前小桥的一旁，见有一块大石，高五六尺，倒像一个六尺昂藏的大汉站在那里。奇在石已裂开了一道大缝，一株树挺生在石缝的中间，枝叶纷披，绿阴如盖，据向导说，这是石颐山颇颇有名的"石中树"。

去石颐寺，过林坑，就到了铜山寺，寺中堂宇清净，楹联很多，记得有一联最好："会心不远，开门见山；随遇而安，因树为屋。"集句对仗工整，很见巧思。寺僧在山上种了大量的竹子，不单是美化了山景，也获得了丰富的收益。由寺外走上山去，这山就是铜官山，原名武康山，高三百五十丈，相传吴王濞采铜于此。登山并没平坦的路径，而我们还是鼓勇直上山顶，放眼四望，只见修篁结绿，古松参天，好一片洋洋大观的绿海，真是美不可言！前人游铜官山诗中所谓"万壑秋声松四面，一林浓翠竹千行"，实在是形容得远远不够的。山顶有小庵，大概就是宋代大诗人苏东坡、毛泽民常来随喜的无畏庵。管庵的老叟见我们远道而来，殷勤招待，取出一块铜石来观摩，并且带我们去看吴王炼铜的井，井有二口，并不太深，望下去黑沉沉的，也瞧不见甚么。庵后有小坎，坎中满是水，据说终年不干，称为"铜井"，那老叟又带我们到附近的厨下去，指着壁间的石碣作证，上有"汉铜井"三字，笔划很工致，可见这小小铜井，已有一千七百多年的历史了。井旁有洞，名石燕洞，《武康县志》云："其燕亦视春秋为隐现，与巢燕同。"多分是故神其说吧？洞的上面有一座小石岩，名望月台，平坦可坐，月夜可以望月。老叟指着岩上一株古松说："这是铜山十景中有名的'擎天松'。"我抬头望将上去，见它虬枝四张，确是高不可攀，难怪古人要夸张一下，称为擎天了。

下铜官山，过对坞口，一路看山听水，直到六洞桥，桥下为大堰溪，因此原名大堰桥。清乾隆时原有九洞，桥柱用大毛竹编成，据说竹内填满石块，很为结实。后来桥垮重建，改为六洞，而在桥上盖成屋顶，作为行人歇息的所在。桥下溪水沦涟，潺潺有声，有无数小银鱼在水面上游来游去，斜阳照着鱼背，闪闪有光，真像镀着白银一样。右望溪边有怪石矗起，狰狞向人，向导说，这叫"怪石角"，倒是名副其实的。傍晚进入簰头镇，镇在武康县西三十里，据说竹木出山时，就从这里编成了簰流出去，因名簰头。大堰溪就傍着镇宛宛流去，溪边老树成荫，一片苍翠，使这古镇带着青春的气息。镇中多小商店，买客云集，也有一二茶馆，镇中人聚在这里谈天说地，很为热闹。簰头是武康最著名的市镇，凡是避暑莫干山的客人，往往要到簰头镇来溜达一下，而四周风物之美，也是足以吸引人的。清代诗人唐靖，曾有诗歌颂它："万壑奔趋一水开，轻桴片片着溪隈。人家鸡犬云中住，估客鱼盐天上来。深坞蕨炊归暮市，高滩竹溜割晴雷。近闻筱荡输沧海，林壑何当有蹄材。"这首诗也在竹木的输出上着眼，足见簰头镇商业之盛，历史已很悠久了。

我们和山灵有缘，游兴又好，加之一天休息，一天游山，也就不觉得劳累了。游过了簰头，又决定去游西谷，过荫山、塔山，再上莫干岭，所过处常见千竿万竿的竹子，连绵不断，其间有不少细竹，翠筱条条交织，倒像是绿罗的帘子，瞧了悦目赏心。到天泉寺，寺前都是参天的老树，寿命多在百岁以外。银杏二株，特别高大，有擎云攫日之势，据说是元明两代的遗物，真可说是树木中的老寿星了。

去天泉寺，过佛堂岭下，佛堂在武康西四十余里，也是"风景这边独好"的所在。据前人游记中说："乱石排山而下，或散如羊，或突如豕，或蹲如虎，或狎浪如巨鳌。中有一石，横波独出，似蟠溪老翁垂钓处，下视细鳞来往，未可思议。"我们在这里流连了一会，重又上路，中午到和睦桥边，桥下有清溪怪石，很可爱玩，如果把它缩小，倒是山水盆景的精品。溪边有石平圆可坐，倒像是大鼋伏在水中，而那隆起的背部却暴露在水面上似的。我们就在这石上团坐进食，小憩片刻。

我们吃吃喝喝，说说笑笑，盘桓了好久，才商量作归计。归途经过葛岭，听说附近有和尚石瀑布，可以一看，于是跨涧度石，络绎上山。一会儿就到了和尚石前，见有石壁高耸，约十余丈，壁顶有小坳，宽不过一尺上下，瀑布就从这上面汩汩地泻下来，气魄不大，比不上剑池、碧坞。小立片刻，山雨欲来，就匆匆下山，过后坞，到香水岭下。这里有寺，就叫香水寺，有井，就叫做香水井，井水清冽，可作饮料。井上有碑，大书"香水古井，道光二十一年三月立"十三字，我们并没喝水，不知香水毕竟香不香啊？据《莫干山志》说，香水岭一名相思岭，岭号相思，也许这里有甚么桃色的故事吧？去香水岭，过庙前、梅皋坞以至上横，回到客馆时，夕阳还没有下山哩。水竹清华，是莫干山的特色。我们在山十二天，天天在水光竹影中度过，吸收着天地间清淑之气，也就享尽了避暑的清福。回下山来时，顿觉走进了另一个世界，重又沾染上红尘十丈了。

　　　　　　　　　　　　　一九六二年七月改写

姑苏台畔秋光好

秋光好，正宜出游，秋游的乐趣，实在不让春游，这就是苏东坡所谓"一年好景君须记，最是橙黄橘绿时"啊！我年来隐居姑苏台畔，天天以灌园为事，厮守着一片小园，与花木为伍，简直好像是井底之蛙，所见不广，几几乎不知天地之大，更不知有秋游之乐了。但我住在苏州，却也尽可说说苏州的秋日风光，多拉些行有余力的游客来，使苏州一年年的长保繁荣，长享天堂令誉。

至于苏州的园林，有创建于宋代的沧浪亭，元代的狮子林，明代的拙政园、网师园，清代的留园、怡园，一年四季都可游目骋怀，并不限于秋季。所以我的秋游节目中只限于山与湖，而不提园林，好在游山游湖之余，也尽可到各园林里去走走，欣赏那一片秋色。

凡是游苏州的人，总得一游虎丘，好像不上虎丘，就不算到过苏州似的。虎丘的许多古迹，几乎尽人皆知，不用词费。而我最爱剑池的一角，幽茜独绝。当此清秋时节，倘于月夜徘徊其间，顿觉心腑皆清，疑非人境。苏州旧俗，中秋夜有"走月亮"之举，而以虎丘为目的地。《长元志》有云："中秋，倾城士女出游虎丘，笙歌彻夜。"邵长蘅诗，有"中秋千人石，听歌细如发"之句，沈朝初《忆江南词》也有这么一首："苏州好，海涌玩中秋。歌板千群来石上，酒旗一片出楼头。夜半最清幽。"海涌，就是虎丘的别名，当年中秋的盛况，可见一斑。不但清代如此，明代即已有之，但看袁中郎《记虎丘》云："虎丘去城可七八里，其山无高岩邃壑，独以近城故，箫鼓画船，无日无之。凡月之夜，花之晨，雪之夕，游人往来，纷错如织，而中秋为尤胜。每至是日，倾城阖户，连臂而至，衣冠士女，下迨蔀屋，莫不靓妆丽服。重茵累席，置酒交衢间，从千人石上至山门，栉比如鳞。檀板丘积，樽罍云泻，远而望之，如雁落平沙，霞铺江上，雷辊电霍，无得而状。布席之初，唱者千百，声若聚蚊，不可辨识，分曹部署，竞以歌喉相斗，雅俗既陈，妍媸自别。未几而摇头顿足者，得数十人而已。已而明月浮空，月光如练，一切瓦釜，寂然停声，属而和者，才三四辈，一箫一寸管，一人缓板而歌，竹肉相发，清声亮彻，听者魂销。比至夜深，月影横斜，荇藻凌乱，则箫板亦不复用。一夫登场，四座屏息，音若细发，响彻云际，每度一字，几尽一刻，飞鸟为之徘徊，壮士听而下泪矣。（下略）"中郎此作，仿佛是记虎丘中秋夜的音乐会，自交响乐、大合唱、小合唱以至独唱，无所不有。可是清代以来的中秋节，除了白天还有士女前去游眺借此点缀令节外，早已没有这种笙歌彻夜的盛况了。

领略了虎丘的秋光之后，可不要忽视了山塘，不管是仁者乐山，智者乐水，乐山也何妨兼以乐水，再加上一个"山塘秋泛"的节目，实在是挺有意思的。山塘在哪里？就在虎丘山门之前，盈盈一衣带水，迤逦曲折，据说有七里之长，因此有"七里山塘"之称。那水是碧油油的，十分可爱，架在上面的桥梁，以青山桥与绿水桥为最著。你要是以轻红一舸，容与其间，一路摇呀摇的摇过去，那情调是够美的。昔人咏山塘诗，有黄仲则的两首："中酒春宵怯薄罗，酒阑春尽系愁多。年年到此沉沉醉，如此苏州奈若何！""寒山迢递镜铺蓝，小泊游仙一枕酣。夜半钟声敲不醒，教人怎不梦江南？"屠琴坞《山塘访秋》云："白公堤畔柳丝柔，十二红阑隐画楼。才到吴乡听吴语，泥人新梦入新秋。""绿酒红灯映碧纱，水晶帘外又琵琶。匆匆转过桥西去，一角青山两岸花。"读了这四首诗，就觉得山塘之美，真如媵人的尤物。我于某一年的春间，曾随老诗人故张仲仁、陈石遗、金松岑诸前辈，以夏桂林画舫泛山塘，玩水终日，乐而忘倦，曾有《七里山塘词》之作："七里山塘春似锦，坠鞭公子试春衣。家家绮阁人人醉，面晕桃花映酒旗。""拾翠人来打桨邀，山塘七里绿迢迢。垂杨两岸傲傲舞，只解嬉春系画桡。""吴娃生小解温存，画出纤眉似月痕。七里山塘春水软，一声柔橹一销魂。""虎丘惯自弄春柔，七里山塘满画舟。好是平波明似镜，吴娘临水照梳头。""几树疏杨斗舞腰，真娘墓畔草萧萧。山塘七里涨涨绿，不见烟波见画桥。""七里山塘宛宛流，木兰桡上听吴讴。未须更借丹青笔，柳媚花娇画虎丘。"读了这几首拙作，也足见我对于山塘是倾倒之至了。其实清代承平之岁，山塘也着实热闹过一下，曾见某笔记载："虎丘山塘，七里莺花，一湖风月，士女游观，画船箫鼓。舟无大小，装饰精工，窗有夹层，间以玻璃，悬设彩灯，争奇斗巧，纷纶五色，新样不同；傍暮施烛，与月辉波光相激射。今灯舫窗棂，竞尚大理府石镶嵌，灯则用琉璃（俗呼明角），遇风狂，无虞击碎也。"诗人王冈龄，因有《山塘灯船行》长歌之作，极尽铺张扬厉的能事。

中秋游虎丘兼泛七里山塘，这是秋游的第一个节目，第二个节目就是农历八月十八夜石湖串月了。石湖在城西南十八里，是太湖的支流，恰界于吴县、吴江之间，映带着楞伽、茶磨诸峰，风景倒也不错。相传范大夫入五湖，就是在这里下船的。宋代名臣范成大就越来溪遗址筑别业，中有天镜阁、玉雪坡、盟鸥亭诸胜迹，宋孝宗亲书"石湖"二字赐与他，因自号石湖居士。他的诗文集中关于石湖的作品很多，诗如《初归石湖》云："晓雾朝暾绀碧烘，横塘西岸越城东。行人半出稻花上，宿鹭孤明菱叶中。信脚自能知旧路，惊心时复认邻翁。当时手种斜桥柳，无限鸣蜩翠扫空。"读此一诗，就可知道他是石湖主人了。湖边有一座山岿峙着，即楞伽山，又名上方山，山上有楞伽寺，年年八月十八，香汛极盛。山顶有塔，共七级，中有神龛，供五通神，据说极著灵异。清代巡抚汤斌为破除迷信计，曾把它毁灭，可是后来又重行恢复，以至于今。山之东麓有石湖书院，昔为士子弦诵之所，今已废。东南麓有普陀岩，有石池、石梁诸胜，乾隆南巡，曾经到过这里，从此身价十倍了。袁中郎把它和虎丘作比，说"虎丘如冶女艳妆，掩映帘箔，上方如披褐道士，丰神秀特"，倒也取譬入妙。到了农历八月十七、十八这两天，这里可就热闹起来了，苏州城乡各处的善男信女，纷纷上山进香。入夜以后，就有苏沪士女坐了画舫，到行春桥边来看串月，所谓串月，据说十八夜月光初现时，入行春桥桥洞中，其影如串。又说十八夜从上方塔的铁链中，可以瞧到这一夜月的分度，恰恰当着铁链的中段，倒影于地，联为一串，因曰串月。沈朝初的《忆江南》词，曾有一首咏其事："苏州好，串月看长桥。桥影重重湖面阔，月光片片桂轮高。此夜爱吹箫。"原来每逢此夜看串月时，画舫中往往是笙歌如沸的。或说葑门外五十三环洞的宝带桥边也可一看串月，从宝带桥外出，光影相接，数有七十二个，比了行春桥边似乎更为可观。清代诗人顾侠君有《串月歌》咏之云："治平山寺何岧峣，湖光吐纳山连遥。烟中明灭宝带桥，金波万迭风骚骚。年年八月十八夜，飞廉驱云落村舍。金盆山水耀光芒，琉璃迸破银瓶泻。散作明珠千万颗，老兔寒蟾景相吓。鱼婢蟹奴争献奇，手搴桂旗吹参差。水花云叶桥心布，移来海市秋风时。吴侬好事邀亲客，舳舻衔尾排南陌。红豆新词出绛唇，粉胸绣臆回歌席。绿蚁淋漓柁桥倒，醒来月在松杉杪。"看串月这玩意，大概是肇始于清代，只不知道是谁发明的，真所谓吴侬好事了。

秋游的第三个节目，该是重九登高了。向来苏人登高，就近总是跑上北寺塔去，虚应故事，后因年久失修，不再开放。至于山，那么城外高低大小多的是，随处都可登高，而顾名思义，却要推荐贺九岭。相传吴王曾登此岭贺重九，因以为名，崖壁上至今刻有贺九岭三大字，不知是甚么时代刻上去的。明代文徵明曾有过《贺九岭》诗云："截然飞岭带晴岚，路出余杭更绕南。往事漫传人贺九，胜游刚爱月当三。岩前鹿绕云为路，木末僧依石作庵。一笑停舆风拂面，松花闲看落靐靐。"我于十余年前也曾到过此岭，似乎平凡得很，并没有甚么胜迹，但是从这里可以通到华山，却是游腻了虎丘、灵岩之后，非游不可的。华山在城西三十里，《吴地记》载："吴县华山，晋太康二年生千叶石莲花，故名。"《图经续记》云："此山独秀，望之如屏，或登其巅，见有状如莲花者，今莲花峰是也。"《吴郡志》云："山顶北有池，上生千叶莲华，服之羽化，因曰华山。山半有池一泓，水作玉色，逾数十丈，厥名天池。"袁中郎《游天池记》云："从贺九岭而进，别是一洞天，峭壁削成，车不得方轨，飞楼跨之，舆骑从楼下度。逾岭而西，平畴广野，与青峦紫逻相映发。（中略）行数里，始至山足，道边青松，若老龙鳞，长林参天，苍岩蔽日，幽异不可名状。才至山腰，屏山献青，画峦滴翠，两年尘土面目，为之洗尽，低徊片晷，宛尔秦余，马首红尘，恍若隔世事矣。天池在山半，方可数十余丈，其泉玉色，横浸山腹，山巅有石如莲花瓣，翠蕊摇空，鲜芳可爱。余时以堪地而往，无暇得造峰巅，至今为恨！（下略）"明代诗人高启诗云："灵峰可度难，昔见枕中书。天池在其巅，每出青芙蕖。湛如玉女盆，云影含夕虚。人静时饮鹿，水寒不生鱼。我来属始春，石壁烟霞舒。滟滟月出后，泠泠雪消余。再泛知神清，一酌欣虑除。可当逐流花，遂造仙人居。"对于这天池一水，可说恭维到了一百二十分。山上有石屋二座，四壁都凿着浮屠的像，此外有龟巢石、虎跑泉、苍玉洞、盈盈池、地雷泉、洗心泉、桃花涧、秀屏鸟道诸胜迹，石壁上刻有明代赵宧光手书"华山鸟道"四字，遒劲可喜。山南有华山寺，北有寂鉴寺，寺庭中有金桂、银桂两株老树，秋仲着花累累，一寺皆香。寺旁有泉，名钵盂泉，泉水是非常清洌的。清康熙南巡时，因雨欲游此山不果，赐以"清远"二字，后来乾隆南巡，总算游成功了。昔人游华山诗，佳作很多，而元代顾仲瑛一首足以代表一切："萦纡白云路，窈窕青山连。秋风吹客衣，逸兴良翩翩。扪萝度绝壁，蹑磴穷层巅。崖倾石欲落，树断云复连。两峰龈牙门，中谷何廊然。大山屹登登，直欲摩青天。小山亦磊落，飞来堕其前。阴阴积古铁，粲粲开青莲。神斧削翠骨，天沼含灵泉。玉龙抱寒镜，倒影清秋悬。忆昔张贞居，寄我琳琅篇。逝者不可作，新诗徒为传。举酒酹白日，万壑生凄烟。幽欢苦未足，落景忽已迁。美人胡不来，山水空青妍。"读此诗，已足使人神往，那么何妨趁贺九岭登高之便，一游华山呢？往上津桥雇船，到白马涧镇上，步行八九里到贺九岭，再由此而西，就可达华山了。

"远上寒山石径斜，白云深处有人家。停车坐爱枫林晚，霜叶红于二月花。"杜牧之这一首《山行》诗，道尽枫叶之美，所以天平山看枫，也就是秋游第四个节目了。枫叶须经霜而红，红而始美，因此看枫须等到秋深霜降之后，太早则叶犹未红，太晚则叶已凋落，大约须在农历十月间吧。所以蔡云《吴歈》有"天平十月看枫约，只合诗人坐竹兜"之句。天平的枫树，都很高大，叶作三角形，因称三角枫。在"万笏朝天"一带三太师坟前，有大枫九株，俗呼九枝红，因为那枫叶经霜之后，一片殷红，有如珊瑚灼海。而昔人称颂枫叶，说是"非花斗妆，不争春色"，真是再贴切也没有了。清人李果有《天平山看枫叶记》云："天平山，予旧所游也，泛舟从木渎下沙河可四里，小溪萦纡，至水尽处，登岸，穿田塍行，茅舍鸡犬，遥带村落。纵目鸡笼诸山，枫林远近，红叶杂松际。四山皆松栝杉榆，此独多枫树，冒霜则叶尽赤。今天气微暖，霜未着树，红叶参差，颜色明丽，可爱也。历咒钵庵，过高平范氏墓，岩壑溢秀，楼阁涨彩。折而北，经白云寺，憩泉上，升阁以望，则天平山色崚嶒，疏松出檐楯，凉风过之，如奏琴筑，或如海涛响。客有吹笛度曲者，其声流于林籁，境之所涉，情与俱适，不自知其乐之何以生也。（下略）"天平不失为苏州一座最好的大山，可是粗粗领略，往往不易见到它的好处。如"万笏朝天"一带的石笋，可就是绝无而仅有，而一线天以上，全是层层叠叠的奇峰怪石，自中白云以达上白云，一路饱看山色，消受不尽。加上深秋十月，经过了红艳的枫叶一番渲染，天平山真如天开图画一般，沈朝初所谓："一片枫林围翠嶂，几家楼阁又叠丹丘。仿佛到瀛洲。"自是一些儿没有溢美啊。

春光固然易老，秋光也是不肯久留的。姑苏台畔，秋光大好，正欢迎你们联翩蜡屐而来！

一九六二年八月改写

关于《周瘦鹃自编精品集》

    1953 年 3 月由上海出版公司出版的周作人著《鲁迅的故家》里，有一篇《周瘦鹃》的文章，文章不长，全文如下：

    关于鲁迅与周瘦鹃的事情，以前曾经有人在报上说及。因为周君所译的《欧美小说译丛》三册，由出版书店送往教育部审定登记，批复甚为赞许，其时鲁迅在社会教育司任科长，这事就是他所办的。批语当初见过，已记不清了，大意对于周君采译英美以外的大陆作家的小说一点最为称赏，只是可惜不多，那时大概是民国六年夏天，《域外小说集》早已失败，不意在此书中看出类似的倾向，当不胜有空谷足音之感吧。鲁迅原来很希望他继续译下去，给新文学增加些力量，不知怎的后来周君不再见有著作出来了，直至文学研究会接编了《小说月报》，翻译欧陆特别是弱小民族作品的风气这才大兴，有许多重要的名著都介绍来到中国，但这已在五六年之后了。鲁迅自己译了很不少，如《小约翰》与《死魂灵》都很费气力，但有两三种作品，为他所最珍重，多年说要想翻译的，如芬兰乞食诗人丕威林太的短篇集，匈牙利革命诗人裴彖飞的唯一小说名叫"绞吏之绳"的，都是德国"勒克兰姆"丛刊本，终于未曾译出，也可以说是他未完的心愿吧（在《域外小说集》后面预告中似登有目录，哪一位有那两册初印本的可以一查）。这两种文学都不是欧语统系，实在太难了，中国如有人想

关于《周瘦鹃自编精品集》　　　　　187

读那些书的，也只好利用德文，英美对于弱小民族的文学不大注意，译本殆不可得。

　　在这篇文章里，周作人很明白地说明了当年周瘦鹃出版《欧美名家短篇小说丛刊》时，鲁迅对这部作品的看重，用"空谷足音"来赞美。不久后，周作人在另一篇文章《鲁迅与清末文坛》里再次提到这个事，说到鲁迅对清末民初上海文坛的印象："不重视乃是事实，虽然个别也有例外，有如周瘦鹃，便相当尊重，因为所译的《欧美小说丛刊》三册中，有一册是专收英美法以外各国的作品的。这书在1917年出版，由中华书局送呈教育部审查注册，发到鲁迅手里去审查，他看了大为惊异。"鲁迅还把书稿"带回会馆来，同我会拟了一条称赞的评语，用部的名义发表了出去。据范烟桥的《中国小说史》中所记，那一册中计收俄国四篇，德国二篇，意大利、荷兰、西班牙、瑞士、丹麦、瑞典、匈牙利、塞尔维亚、芬兰各一篇，这在当时的确是不容易的事了"。周作人在文章里所说的《欧美小说译丛》和《欧美小说丛刊》，就是周瘦鹃那本《欧美名家短篇小说丛刊》的简称。周瘦鹃的这部翻译作品，能受到鲁迅的赞誉，固然和鲁迅、周作人早年翻译的小说不成功有关系，主要的还是鲁迅有一颗公平公正、重视人才的心。确实，勤奋的周瘦鹃，在他二十多岁年纪就取得如此大的成就，配得上鲁迅的称赞。后来，他又把多年翻译的作品，经过整理，于1947年出版了《世界名家短篇小说全集》（全四册）。

　　周瘦鹃的写作，一出手就确定了他的创作方向，即适合市民大众阶层阅读的通俗文学。他发表的第一篇作品《落花怨》（1911年6月11日出版的《妇女时报》创刊号），就带有浓郁的市井小说的味儿，而同年在著名的《小说月报》上连载的八幕话剧《爱之花》，同样走的是通俗文学的路子，迎合了早期上海市民大众的阅读"口感"，同时也形成了他一生的创作风格。继《爱之花》之后，他的创作成了"井喷"之势，创作、翻译同时并举，许多大小报刊上都有他的作品发表，一时成为上海市民文化阶层的"闻人"，受到几代读者的欢迎。纵观他的小说创作，著名学者范伯群先生给其大致分为"社会讽喻""爱国图强""言情婚姻"和"家庭伦理"四大类。"社会讽喻"类的代表作有《最后之铜元》《血》《十年守寡》《挑夫之肩》《对邻的小楼》《照相馆前的疯人》《烛影摇红》等，"爱国图强"类的代表作有《落花怨》《行再相见》《为国牺牲》《亡国奴家里的燕子》等，"言情婚姻"类的代表作有《真假爱情》《恨不相逢未嫁时》《此恨绵绵无绝期》《千钧一发》《良心》《留声机片》《喜相逢》《两度火车中》《旧恨》《柳色黄》《辛先生的心》等，"家庭伦理"类的代表作有《噫之尾声》《珠珠日记》《试探》《九华帐里》《先父的遗像》《大水中》等。他的这些成就的取得，不仅在大众读者的心目中影响深远，也受到了鲁迅等人的肯定。1936年10月，鲁迅等人号召成立文艺界抗日民族统一战线，周瘦鹃作为通俗文学的代表，也被鲁迅列名参加。周瘦鹃在《一瓣心香拜鲁迅》中还深情地说："抗日战争初起时，鲁迅先生等发起文化工作者联合战线，共御外侮，曾派人来要我签名参加，听说人选极严，而居然垂青于我。鲁迅先生对我的看法的确很好，怎的不使我深深地感激呢？"翻译和创作通俗小说而外，周瘦鹃还创作了大量的散文小品。他的散文小品题材广泛，行文驳杂，有花草树木、园艺盆景、编辑手记、序跋题识、艺界交谊、影评戏评、时评杂感、书信日记等，涉及社会生活的多个方面。此外，周瘦鹃还是一位成就卓著的编辑出版家，前半生参与多家报刊的创刊和编辑工作，著名的有《礼拜六》《紫罗兰》《半月》《紫兰花片》《乐园日报》《良友》《自由谈》《春秋》《上海画报》《紫葡萄画报》等，有的是主编，有的是主持，有的是编辑，有的是特约撰述。据统计，在1925年到1926年的某一段时间内，他同时担任五种杂志的主编，成了名副其实的名编。另外，他还写作了大量的古典诗词，著名的有《记得词》一百首、《无题》前八首和《无题》后八首等。

周瘦鹃一生从事文艺活动，集创、编、译于一身。在创作方面，又以散文成就最大，其中的"花木小品""山水游记""民俗掌故"被范伯群称为"三绝"（见范伯群著《周瘦鹃论》）。而"三绝"之中，尤其对"花木小品"更是情有独钟，不仅写了大量的随笔小品，还成为闻名天下的盆景制作的实践者。据他在文章中透露，早在20世纪20年代末期，他就在苏州王长河头买了一户人家的旧宅，扩展成了一个小型私家园林。从此苏州、上海两地，都成了他的活动基地，在上海编报刊、搞创作，在苏州制作盆栽、盆景。而早年在上海选购花木盆栽的有关书籍时，还曾巧遇过鲁迅。在《悼念鲁迅先生》一文中，他透露说："记得三十余年前的某一个春天，一抹斜阳黄澄澄地照着上海虹口施高塔路（即今之山阴路）口一家日本小书店，照在书店后半间一张矮矮的小圆桌上，照见桌旁藤靠椅上坐着一位须眉漆黑的中年人，他那瘦削的长方脸上，满带着一种刚毅而沉着的神情。他的近旁坐着一个日本人，堆着满面的笑正在说话。这书店是当时颇颇有名的内山书店，那日本人就是店主内山完造，而那位中年人呢，我一瞧就知道正是我所仰慕已久的鲁迅先生。"买有关盆栽的书而邂逅鲁迅先生，周瘦鹃自称是"三生有幸"，而此时，他还不知道鲁迅曾经大加赞赏过他的《欧美名家短篇小说丛刊》。鲁迅也偶尔玩过盆景的，他在散文集《朝花夕拾·小引》里，有这样一段话："广州的天气热得真早，夕阳从西窗射入，逼得人只能勉强穿一件单衣。书桌上的一盆'水横枝'，是我先前没有见过的：就是一段树，只要浸在水中，枝叶便青葱得可爱。看看绿叶，编编旧稿，总算也在做一点事。"这个"水横枝"，就是盆栽，清供之一种，如果当时周瘦鹃能够和鲁迅相认，或许也会讨论一下盆栽制作也未可知啊。

　　1949 年以后，周瘦鹃定居苏州，并自称苏州人，把全部的精力都投入到盆栽、盆景的制作中去，在《花花草草·前记》中，他写道："我是一个特别爱好花草的人，一天二十四小时，除了睡眠七八小时和出席各种会议或动笔写写文章以外，大半的时间，都为了花草而忙着。古诗人曾有'一年无事为花忙'之句，而我却即使有事，也依然要设法分出时间来，为花而忙的。"在忙花忙草忙盆景的同时，他的作品也越写越多，大部分都是和花草树木有关的小品散文，这方面的文章，也是他一生创作的重要部分。1955 年 6 月，他在通俗文艺出版社出版了一本《花前琐记》，首印 10000 册，共收以种花植树盆栽为主的小品随笔 37 篇。1956 年 9 月，在上海文化出版社出版了《花花草草》，收文 35 篇，首印 20000册。1956 年 12 月，又在江苏人民出版社出版了《花前续记》，收文 38 篇。1958 年 1 月，在江苏人民出版社出版了《花前新记》，收文 40 篇，附录 1 篇，首印 6000 册。1962 年 11 月，在江苏人民出版社出版了《行云集》，收文 19 篇，附录 1 篇，1985 年 1 月第二次印刷时又加印 4000 册。1964 年 3 月，香港上海书局出版了《花弄影集》，1977 年 7 月再版。1995 年 5 月，是周瘦鹃诞辰一百周年，新华出版社出版了周瘦鹃的小女儿周全整理的《姑苏书简》，收文 59 篇，首印 3000 册。该书收录周瘦鹃 1962 年至 1966 年在香港《文汇报》开辟的《姑苏书简》专栏发表的文章，书名由著名民主人士雷洁琼题写，邓伟志、贾植芳分别作了序言，周全女士的文章《我的父亲》一文附在书末。

周瘦鹃一生钟情"紫罗兰"（周吟萍），他们的恋情要从周瘦鹃在民立中学任教时说起：在一次到务本女校观看演出时，周瘦鹃对参与演出的少女周吟萍产生了爱慕之情，在书信往还中，开始热恋。但周吟萍出身大户人家，其父母坚决反对他们的恋爱，加上女方自幼定有婚约，使他们有情人无法成为眷属。周瘦鹃苦苦相恋，使他"一生低首紫罗兰"，并为其写了无数诗词文章，《紫罗兰》《紫兰花片》等杂志、小品集《紫兰芽》《紫兰小谱》和苏州园居"紫兰小筑"、书室"紫罗兰盦"、园中叠石"紫兰台"等，都是这场苦恋的产物。《爱的供状》和《记得词》一百首，更是这场恋情的心血之作。

这套 8 本的《周瘦鹃自编精品集》，依据的就是上述各书的版本。另外，《姑苏书简》和《爱的供状》虽然不是作者生前"自编"，但也出自作者的创作，为统一格式，也权当"自编"论，这是需要向读者说明的。

陈　武

2018 年 5 月 18 日于燕郊